CHARACTER FILE

「旅行的意義，就是看遍世界的風景。」

白宣

PROFILE

畢業後沒有急於升學，想趁還年輕時，走遍想去的地方。幾乎把整個東北亞都跑了一遍，接下來，似乎想去東南亞。

U0000364

Lost Lamb

CHARACTER FILE

「妳只是看著我，就知道我在想什麼。」

柳透光

PROFILE

大一生，於浮萍藝術大學就讀多媒體創作和編劇相關科系。常常跑到吳疏影的獨立電影社，但沒有加入社團。

Lost lamb

GOBOOKS
& SITAK
GROUP©

GOBOOKS
& SITAK
GROUP©

三日月書版

三日月書版

SP
After Story
微混吃等死 著
手刀葉 畫
迷途之羊
マイゴ
輕世代 FW329
三日月書版

迷途之羊
Lost lamb

Contents

CHAPTER 1

夏至

——耳邊響起蟬鳴，想起冰棒與汽水的味道，與那些無所事事一整個夏天的青春年少。

盛夏，暑假。

在水昆高中寧靜的校園一角，影片剪輯社的社團教室。

教室很空曠。豔陽穿透了水藍色窗簾，微微映射著淺藍光芒。牆壁邊上靠著幾座書櫃，兩張寬大的桌子擺放在靠近窗戶的位置。

窗戶緊緊閉著，冷氣不斷輸送著舒適的冷風。

地面是踩起來很舒服的木頭地板，不遠處的教室一隅還鋪著米色的亞麻地毯。

嘈雜的蟬鳴無法穿透窗戶。

午後的教室裡，柔和的 **Lo-Fi Jazz** 在空氣間流動。

——叮叮。

門被推開，搖曳的風鈴發出悅耳聲響。

一名有著柔順栗色長髮的女孩，輕輕眨了眨散發神祕的深邃眼眸後，淡然地走進教室。她把手上的塑膠袋隨手放進冰箱，再往教室一角前進。

幾分鐘後，她躺在了亞麻製的地毯上。

柔順的栗色髮絲在她平躺的身子旁鋪散開來，從揚起的雙眉與幸福的笑容看來，她的心情十分放鬆。

因為是夏天，女孩穿著天藍色圓領T恤，柔軟的衣物上飄著朵朵白雲。下半身則是短版的卡其褲，褲角輕輕勒住纖長的大腿。

女孩將白皙而光滑的長腿自然地往前一擱。

「夏天吶。」

她平躺著，雙眼望著天花板。慵懶的 Lo-Fi Jazz 讓稍感疲倦的她往睡夢更靠近了一步。昨天，身為 Youtuber 的她，剪影片剪得太晚了。

睡意不斷湧上，再也無法抑制。

女孩把手背輕放在額頭上，遮去窗外的陽光。

從窗外穿透水藍色窗簾的光芒，散發出一如海洋淺水區讓人著迷的顏色，在女孩身上與地毯上點點閃耀。

靜謐的暑假校園，少了學生的喧嘩走動，幾乎聽不到半點聲響。

女孩終於開始午睡了。

幾個小時後，一個穿著深青色Oversize上衣的男孩，也朝著水昆高中的影音剪輯社前進。

其實，今天他本來想在家裡睡懶覺的。

他腳踏帆布鞋，手上也拎著一個塑膠袋，悠悠哉哉地推開了門。

——叮叮。

風鈴再次搖曳。

清脆的聲音驚醒了在角落午睡的女孩。

她揉著眼睛，從地毯上慢慢挺起上半身。短版T恤因為姿勢的原故，從左側滑落了一截，露出她光滑白嫩的肩膀。

她順手把衣服往上拉了拉，隨意地撥弄著瀏海。

男孩盯著角落看了一會兒，溫柔地說：「白宣，妳睡著了啊。」

「嗯，太好睡了。」

「我買了兩杯咖啡，要喝嗎？」

「……好。」聽到這句話，白宣先是一愣，隨後忍不住淺淺地笑出聲。

稍早，她帶來的塑膠袋裡，也放著兩杯咖啡呢。

柳透光拉開大桌旁的椅子，把無糖的卡布奇諾和拿鐵放到桌上。他打開了眼前霧灰色的筆記型電腦，把紙筆擺放在一旁。

淡淡的青檸氣息緩緩靠近。

白宣走到柳透光身邊，半彎下腰拿起屬於她的卡布奇諾，一邊看了眼柳透光正盯著的電腦螢幕。

「吶，透光兒。」

「嗯？」

「夏天，你有想到要做什麼影片了嗎？」

「夏日特輯的話，我是有想到一個企劃。」柳透光握著咖啡杯，往椅背一靠，「追逐夜星的白宣頻道，最近收到了一個合作邀約。那個 Youtuber 創作的內容感覺很適合我們的頻道。」

「是不是谷雨小姐？」

「對，咦？妳跟我想的一樣嗎？」

「對喔。」白宣說完，輕輕眨了眨她深邃的眼睛，雙眸轉向了窗外的遠方。

在柳透光眼裡，此時的白宣，一襲天藍色短袖上衣，衣服上還飄著朵朵鬆軟的白雲，幾乎與窗外的天空別無二致。

是一抹令人著迷的色彩。

柳透光恍了神。

半晌，他終於回過神。

「那，確定要跟谷雨小姐合作夏日特輯嗎？」

「透光兒，你怎麼看呢？」白宣走向窗邊，單手順著耳畔的髮絲。

柳透光凝視著白宣沐浴在陽光下的側臉。

「我覺得可以，谷雨頻道的谷雨，她擁有關於文化、地理、野外食材、料理方式的知識量，大概比我們兩個還要更深更廣。」

「嗯，她是懂得很多。」

「白宣兒，妳看過她的影片嗎？」

「看過。」

「那妳最喜歡哪一集？」

「明前雨前，穀雨二春。」白宣幾乎沒有思考，瞬間回道，「用二十四節氣區分茶葉的採收時程，在不同時間採收的茶葉，味道與品質都不一樣。那集節目，谷雨小姐在臺灣東部的山裡採茶，親手揉茶、曬茶、製茶，最後製作出多種茶葉。」

明前茶，清明節氣前採收，又稱「早春茶」。

雨前茶，清明之後、穀雨之前採收，又稱「清明茶」。

穀雨茶，穀雨節氣時採收的茶葉，又稱「二春茶」。

那一集節目中，谷雨小姐從海岸山脈下的田園小院，走進了東部山林。爬上梯田，迎著清晨霧氣，一葉一葉親手摘採著翠綠的茶葉。

太陽還未升起，谷雨小姐就已經跟著採茶阿桑一起坐上了前往茶園的車輛。

清晨的薄霧瀰漫山頭。

當第一縷陽光從東方海面緩緩升起，越過海岸山脈，穿透霧氣，將梯田與春茶一片片點亮。

那一集的拍攝鏡頭實在太過於出色，那富有震撼美感的畫面，在柳透光心中留下極深刻的印象。

「白宣兒，確定了嗎？」

「做。」

「哈哈哈，好，我很期待。」

「我也是吶。」白宣雙手捧著臉蛋，盯著螢幕上停留在初春時分，雲霧籠罩，小蝸牛在葉上爬行的茶園。

柳透光點開谷雨小姐發過來的合作信件，並撥通了電話。

「喂？妳好，我是追逐夜星的白宣頻道的成員之一，墨跡。嗯，我跟白宣想了想，很開心能收到妳的合作邀約……」

具體的合作方式，第一通確認意願的電話並沒有說得太多。

「好的，謝謝，幾天後見。」

柳透光把手機放到桌上，與高采烈地望向白宣。

坐在一旁、單手拿著無糖卡布奇諾的白宣，大概也從電話裡聽出了端倪。

她嘴角帶著笑容，腦袋輕輕靠在柳透光的肩膀上。

夏日的校園一角，顯得靜謐而溫馨。

Youtube 頻道——谷雨。

經營頻道的 Youtuber 是一名二十五歲上下、大學剛畢業的年輕女性。

谷雨小姐。

她的大學本科是與農業、自然和森林相關的科系，因此對土地文化也有極高的興趣。一畢業後，便很快地投入了當地文化與觀光協會的工作。

隨後，她搬到了花蓮的老家，在海岸山脈下的平原、一整片西瓜田附近，找了一間臨近池塘與森林、有著寬廣後花園與農地的田園小屋。

田園小屋的建築幾乎都是由木頭打造，非常能融入當地的自然與人文生活。

谷雨小姐沒事就在後花園裡種種花，也會走進農地栽種水果與蔬菜，家裡的池塘中也有她飼養的魚。

身在自然，取之自然。

閒暇時間，谷雨小姐會在田園小屋遠處的山中閒晃。走到哪，看到哪，遇到了什麼有趣的事情，就寫成手札上傳部落格，或拍成Vlog。

森林之間的蕈類和野生蔬菜植物，山間小路上的桑葚、野果和野草莓。

跟著谷雨小姐在花東少有人跡的森林裡走動，不管心靈還是視覺上都是極大的享受。

柳透光站起身，關上了電腦螢幕。

夕陽即將西落，溫暖的橘紅光芒照映著校園，將兩人的影子拉得好長好長。

影子裡，兩人走得極近。

也不知道是什麼時候開始，一個人牽起了另一人的手。

肩並著肩，柳透光與白宣一起走在回家的路上。

夕陽餘暉閃耀。

柳透光與白宣剛剛忙完，正走在回家的路上，但也有人這時才剛剛準備開始工作。

例如王松竹和小青藤。

臺北某間老舊的二手唱片行，小青藤與王松竹約在門口見面。向來準時的小青藤先一步抵達，背靠著唱片行的牆壁等待著。街道上微風徐徐，吹動著她額前的瀏海。

夏日的太陽下山後，氣溫反而更加宜人，不像秋冬那般寒冷。她不討厭夏天。

小青藤身穿青綠色滾邊的白色連身短裙，精緻的藤蔓花紋繡在裙襬上。恰到好處的腰身，讓纖瘦的小青藤更顯輕盈。

過了一會兒，在約定時間的最後幾秒，王松竹信步閒晃似地走到了唱片行。身材高大的他，身穿一件純白色T恤，隨意搭配一件黑色單寧牛仔褲就出門了。而他腳上則踩著一雙褐色的經典帆船鞋。

王松竹的脖子上掛著一副全罩式耳機。他走到唱片行前，瞬間就發現了站在階梯上、背靠在牆邊的小青藤。

他走了過去，用手拍了拍小青藤的頭。

兩人的身高快差了二十公分。

小青藤在他靠近、直到越過一般人相處的安全距離之前，就已經知道王松竹來了。

她抬起頭，輕輕一笑。清秀的鮑伯頭，因往上抬頭的關係，髮絲也隨之稍稍搖曳。

「你遲到了。」

「沒有，我是剛好到而已。」

「你也太剛好了吧。」小青藤看看腕表，發現王松竹居然真的剛好在七點零分準時出現。

確實沒有遲到。

她有些無奈，正想跟王松竹說以後不要壓線時，她的肩膀忽然被王松竹一把攬了過去。

「走吧，幫妳帶了喝的。」

「喔，好……」

他們一起走進唱片行。

不是說這間唱片行有多獨特，或是為了買什麼今天發行的專輯才來到這裡。

只是因為他們兩人喜歡的獨立樂團今天會在這裡舉辦見面會。

那個獨立樂團不太有名氣，即使在地下音樂的圈子裡，也不是很多人聽過。

小青藤是偶然聽到了她們的作品，非常欣賞她們對作詞作曲的用心。

在一般人不會投注心力的地方，仔仔細細地雕琢每一個文字。

在一般樂團不會特別講究的細節上，凝神創作每一個音符。

女主唱清新而溫和的聲線，如若十里春風般溫暖甜美地吹進了人們的內心。

在她們身上，她能看見對音樂的美好憧憬。

清澈，乾淨。

她們團名是「房頂上的小黑」。

至於王松竹與小青藤，在升上高三的暑假前，正式聯手成立了新的Youtuber頻道——「松木上的小青藤」，並以組合的方式開始演出，也舉辦了許多次的現場表演。

他們兩人從小接受音樂栽培，擁有極高的音樂天賦，功底深厚。現場表演，吸引了無數粉絲。

兩人的頻道除了製作和演唱音樂外，偶爾也有一些帶領觀眾欣賞音樂、尋找個人喜愛音樂的節目。

像是臺灣的地下樂團巡禮。

「你覺得人會很多嗎？」

「這個，唉，不好說。」

走進店裡的展演空間前，兩人略微擔憂地討論著。

現場活動考驗的是樂團的人氣。要是認識他們的人太少，加上宣傳力度不足，現場就會十分冷清。

小青藤在來之前，特地在個人的Instagram上幫忙宣傳，粉絲團也轉載了貼文。

畢竟，是她近期關注的樂團。她實在不希望觀眾太少，打擊到主唱與團員的信心。

兩人穿越一層層唱片櫃，看見了幾個帶著耳機試聽音樂的客人。空氣中，充滿了自由的音符與淡淡的芬芳。

他們走到一個開放的小空間，唱片行的場控人員對他們揮揮手。

「你好，請找位子坐下，快要開始了。」

「呼，好的。」

幸好。現場的位子大概有五十個，幾乎都坐滿了。

以新創的地下樂團而言，第一次舉辦見面會能有這麼多人參與，已經很不簡單了。

「房頂上的小黑」是樂團的名字。

短髮的可愛女主唱跟穿搭中性的女吉他手，正坐在空間正前方。

「松竹松竹，今天搞不好能聽到現場表演呢！」

「如果能聽到就太好了。」

「對了。」在開始前，小青藤忽然想起一件事。

他們兩人坐在相連的位子上，小青藤指了指王松竹脖子上的全罩式耳機。她注意到這個很久了。

「這個耳機是你新買的啊？」

「嗯，新買的，有降噪功能。」

「降噪？就是那種在車很多、人很多的街道上，只要戴著耳機，就什麼噪音都聽不到，對吧？」

「對，晚點我們回去的時候可以讓妳試試。」王松竹爽朗地說道，差一點就要立刻摘下耳機遞給小青藤了。

活動開始了。

小青藤事前已經跟樂團打過招呼，於是很俐落地架起了手機腳架，啟動錄影累積素材。而這間唱片行也派出一名工作人員負責攝影。

希望能讓這個獨立樂團被更多人知道呢。

夏日的夜晚，小青藤與王松竹參與了一場令人難以忘懷的音樂盛宴。

獨立樂團「房頂上的小黑」，在唱片行默許的狀況下，在見面會尾聲舉辦了小型的 Live House 演唱會。

一把吉他。

一支麥克風。

兩個女孩在最初的時光，因喜愛音樂而相遇，進而踏上旅途。僅僅憑藉著對音樂的憧憬與對唱歌的熱愛一路走到現在。

那份簡單而純粹的情感，是世間最寶貴的美好事物。

小青藤聽得入迷，整個人幾乎陷了進去，沉迷其中。

或許，從其他人的角度看來，小青藤是一個理性、聰明、很少因情緒波動而影響到內心的人。一如她的歌聲，彷彿降臨在荒野之上的細雨般清冷。但那只是小青藤在對待無關的人事物時的情感而已。

就像她會幫著柳透光面對迷茫，在他迷途時適當地給予建議。

小青藤真正的內心，在不牽扯他人的情況下，很容易陷入莫名的感動。

就像現在。

她其實是很感性、富有感受力的女孩。

她的眼眶欲紅不紅，清秀的臉蛋上，依稀掛著淺淺的、若有似無的淚痕。

她的心弦一直被音樂觸動著。

「嗚。」

小青藤想起了很久很久以前，她邊聽著王松竹的廣播，看著他無聊的實況，邊唱著歌的時光。

那是值得被收進記憶的寶物櫃裡珍藏的事物。

王松竹寬厚有力的手掌，在不經意間握住了小青藤的手。

——我就在這裡呢。

無需言語，這句話也能傳進小青藤的心中。他們望了彼此一眼，相視而笑。

臨時的音樂會臨近尾聲。

「小青藤，妳肚子會餓嗎？」

「有一點。」

「那晚點我們去吃消夜好不好？」

「好啊。」小青藤露出幸福的笑容，「記得給我聽聽你新買的耳機，我對它的音質很好奇。」

「好啊。」

他們一說一笑，並肩行走著，背影充滿了輕快和歡樂。

夏夜，一間映著暖橙色燈光、光線刻意調暗顯得更加溫馨的日式茶館。門口垂掛著一道竹簾，越過展示茶葉的淺色方櫃後，是散發著稻草香味的柔軟榻榻米地板。

一張張茶色的長桌平放在榻榻米上。

兩三組客人散落在店內，暖色燈光照映著他們的臉龐。他們愉快地聊著天、喝著茶，享受著屬於仲夏夜的情調。

越過榻榻米地板，有一道和式拉門。

外頭是一整條日式風格的沿廊，沿廊的角落點著幾盞和風紙燈。夏日的微風輕輕吹來，偶爾還會傳來幾聲物體敲擊石塊的溫潤聲響。

那是和式庭院常有的設施——驚鹿。

庭院驚鹿，水流禪心。

驚鹿又名「添水」，雅致的竹筒接著流水，當水盛滿之後，竹筒便因重力往下敲擊石塊而發出「啪」的一聲脆響。在略顯單調的夏天夜晚，潺潺流水與敲擊聲更為庭院增添了一分別緻禪意的氣息。

茶館後方，店家細心地用竹籬笆圍起庭院，滿地的青草散發出清新芬芳，夏季盛放的花卉映襯著擺放在池塘邊的驚鹿。

此時，從遠處看去，一個像是一隻靈巧狐狸的可愛女孩，正蹲在驚鹿旁邊凝視著竹筒的運作。

流水聲和敲擊聲持續交互奏響。

微風不止，夏日的薰風撩動了女孩額前的髮絲，她伸出手將其順直。腦後高高綁起的栗色長馬尾，在暖橙色紙燈的映照下，散發出迷人的氣質。

她穿著橘色短T與高腰反摺牛仔短褲，光滑白皙的大腿隱隱約約反射著柔和的光芒。

——咚。

「咚。」

或許是覺得有趣，女孩依循節奏跟著竹筒一起發出聲音。

「——咚。」

——咚。

女孩露出得意的笑容，她終於跟上節奏了。

她雙手捧著臉蛋，手肘支撐在大腿上，仍然保持著蹲坐的姿勢。

「白唯，我回去沿廊喝茶了喔。」她身邊的男生終於說話了。

「好喔。」

「妳慢慢看吧，反正今天晚上我們可以好好休息。」

站著的人是張新御。

一陣清風拂過，過長的瀏海稍稍遮住了他的眼眸，但他卻不甚在意。他身上不時流露出隨性而無所謂的氣息，還有一點淡淡的疲倦感。彷彿許多事於他而言，一點都不重要。

在光線稍顯灰暗的茶館庭院裡，他沒有過多留神雅緻的景物，他的雙眼一直聚焦在蹲在池塘邊的女孩身上。

說完話後，他淡然地轉身走回沿廊。

沿廊的木質地板上，擺放著一個茶盤。

一杯臺茶十三號，一杯阿里山珠露茶。兩杯都是店家提前沖泡，放到冰箱冰鎮處理過的茶水。

張新御拿起臺茶十三號喝了一口，感受著冰涼清香的茶水通過舌頭與喉嚨的感覺。在黏膩而令人煩躁的夏日，喝上這麼一杯茶簡直滋潤了他乾渴的內心。

他滿意地放下茶杯。

視線往前一看，本想好好欣賞茶館精心布置的和式庭院的他，目光流轉多時，最終似乎還是避不開那隻池塘邊的狐狸。

深深地、無可避免地被吸引了。

「……嘖，這是什麼磁場效應嗎？」張新御面露無奈，但心裡卻湧起一股暖流。身為攝影師的他，動作熟練地伸出雙手，懸停在半空中。

他比出兩個數字七的手勢，一上一下，並閉上了一邊的眼睛。

沒帶相機。

但他心裡藏著一臺相機。

在夏日夜晚蹲在和式庭院中、目不轉睛地跟著驚鹿竹筒發出「咚咚咚」聲響的白唯——張新御將這幅景象永遠銘記在心裡了。

不是不願意拿出手機拍照，只是他覺得，這麼美好的畫面用相機定格實在太可惜了。美好的畫面一旦被定格成照片，就失去了記憶的潤色，也失去了時光流逝帶來的、帶著一點點遺憾的歲月痕跡。

「喀嚓。」

一如張新御凝視著白唯，在心中永遠記錄下白唯雙手捧著臉蛋、凝視竹筒的畫面。同一時間，白唯也在心中永遠記住了驚鹿竹筒敲擊石塊的那一刻。

白唯滿足而陶醉地站起身，微微歪著頭，任憑長馬尾向一旁傾洩。

她的雙眼與坐在沿廊上的張新御相視。

「妳終於看完了啊。」

「難得看到嘛。」白唯露出晴天般的燦爛笑容。

這個笑容，總是令張新御感到意外。

她信步走回沿廊，越過幾個和式紙燈後，腳步一蹬，在茶盤旁邊坐下。

兩人之間只隔著一個茶盤。

「——呼。」

白唯拿起冰鎮過的阿里山珠露茶，湊到嘴邊喝了一大口。

她只是想喝冰涼的飲料，卻沒想到這杯茶湯如此順口。不只解渴，更驅散了心中對熾熱夏夜的一絲不耐。

「吶，白唯。」

「嗯？」

「我們來玩一個遊戲吧。」張新御拋出主題，「一人輪流說一個坐在沿廊上能看到的、想像得到的攝影構圖。看誰先想不出來，如何？」

「好啊。」

「比賽的獎勵就是……」

「是？」白唯追問。

「這樣吧，如果妳贏了，這個夏天我就完成妳一個願望；如果我贏了，就換妳完成我的願望。」

「可以，我接受了。」白唯想也沒想，直率地答應了。

聽到這個挑戰後，她十分雀躍，兩眼流露著迫不及待的神情。對於有趣的事物，白唯從來不會掩飾她的心情。

「那好，開始囉──」

張新御看了白唯一眼，開始描述第一個攝影構圖。

「站在沿廊盡頭，往沿廊的另外一端看去。在一根根有年代感的木梁下，放置著一個個米白色的和式紙燈。木製和式拉門上，映照著柔和舒適的微光。明暗對比強烈，很有復古的氣氛。

「結束。」張新御幾乎沒有花時間思考，溫和地說完了。

他勾起嘴角，望向白唯。眼神中雖然帶著疲倦，但更多的是一份繾綣的溫柔。

白唯的思緒早已沉浸在張新御勾勒的情境裡，幾秒後，她回過神。

「換我了啊。

「嗯……疏落的木籬笆，隔絕了茶館的和式庭院與外面的城市。雅致悠遠的景色，與籬笆外的車水馬龍呈現鮮明的對比。彷彿聽不見車聲，只聽得到池塘邊那不間斷的流水聲與不時傳來的敲擊聲。

「遠景是竹籬笆與籬笆外的車燈，微微模糊景深；近景是充滿和式高雅氣息的驚鹿與流水。

「或許庭院外的世界很快，但我們的心，值得慢慢地停留在這裡。」白唯以清脆的聲音說道。

她很有自信，說完後還俏皮地點著頭。

她同樣沒有花太多時間思考，畢竟那是她剛剛蹲在庭院的草地上，看了很久的風景。

白唯側頭看向張新御。

兩人之間，依然隔著那個茶盤。

「喂，換你了。」白唯伸手戳了戳張新御的肩膀。

張新御被戳了幾下，默默地笑出了聲，隨後順勢拉住了她的手。

遠處的天空，正好高高升起幾枚煙火。

煙火在高空中鋪散開來，火花倒映在白唯和張新御眼中。

夏天的故事，才正要開始。

CHAPTER 2

處暑

——一趟旅途的終點，一段歲月的流逝，無論如何都會留下痕跡。還記得嗎？我們一起仰望夜空的那一天。

國境之東。

海岸山脈與中央山脈夾著一片偌大的花東縱谷平原。

一年四季，縱谷平原上種滿了季節性的水果與花卉，是臺灣大自然風景保存得最完整的地方。

海岸山脈下孕育著花海與無數農田。

清澈的木瓜溪一路奔向太平洋，穿過東華大橋，以純淨的溪水灌溉了橋下的西瓜田。

那是臺灣著名的西瓜產地。

那裡有森林與池塘，有花園與耕地。

在一整片連綿不絕、難以想像到底占地多廣的青綠色西瓜田後方，隱約可以看到一間隱身在自然環境裡的農園小屋。

以木頭搭建，屋外簡單地立著木製籬笆，是一間隔外與自然親近的小屋。不遠處的西瓜田中，一對少年少女一前一後地走在土壤的間道上。西瓜田中，是一排一排種植的西瓜。亮綠色西瓜葉，在炎炎夏日的陽光照耀下，彷彿染上了一層亮眼的金黃色。

女孩撐起了一支白色陽傘，一襲清雅的純白無袖洋裝，腳踏米色的厚跟細帶涼鞋。而洋裝下露出的修長雙腿，同樣白皙得不可思議。她頭上戴著一頂天藍色、富有青春氣息的遮陽帽，步履輕快地往小屋的方向走去。

「吶，透光兒。」

「怎麼了？」

「我想喝冰的西瓜汁。」

「等到了谷雨小姐的小屋，大概就能喝到了。我也很想喝啊。」

被喚作「透光兒」的男孩，穿著夏季寬鬆的條紋短T，霧灰色的線條在白底布料上畫出了屬於假日的休閒感。

他沒有撐傘，也沒有戴著帽子，只是戴上了一副太陽眼鏡。他雙手插在米色卡其褲的口袋裡，一臉悠哉。

身處豔陽之下的西瓜田，陽光滾燙灼人，但白宣與柳透光的臉上卻沒有任何一絲厭惡與不耐煩。

他們是那般地愜意、那般地輕鬆自得。就像是迎著夏日薰風，踏上一場愉快的旅程。

一陣強風牽動了白宣遮陽帽下方的柔順長髮，幾縷柔和的栗色飄到了白宣前方。她優雅地用手將其順到耳後。

猛烈濕鹹的海風越不過高聳的海岸山脈。

但這陣從遠方煙霧繚繞的群山，一路掠過木瓜溪清涼的溪水，拂過一片片盛開的花海與豐饒的農田，最後來到東華大橋下西瓜田的夏日清風，讓白宣與柳透光都忍不住停下腳步。

「風真大啊。」白宣忍不住低聲說道。

而站在她身後的柳透光，卻早已將剛剛白宣半回過身，輕輕閉上雙眼，將被陣風吹亂的髮絲別到耳後的姿態，與她身後的青綠色西瓜田都記錄在了相機之中。

無數亮綠色間的一點雪白，讓人忍不住目眩神迷。

「吶，白宣兒，看看這張照片。」

「……把我拍得真好。」白宣的臉蛋微微一紅，然後像發現什麼似地，輕輕蹙眉說道，「是說，透光兒你是不是一直一直在盯著我看啊？」

「沒有啊。」

「聽起來怎麼這麼心虛呢。」

「呃，我只是在累積素材而已。」

柳透光的解釋聽起來很沒有說服力，但白宣也不是真的想追問答案。她輕輕勾起嘴角，伸手指向前方。

谷雨小姐的小屋，已經出現在視野之中。

「走吧。」

「好。」

兩人再次向前方走去。

「追逐夜星的白宣」和「春墨」，兩個頻道的夏日特輯，就是這次特地拜訪谷雨小姐的旅行。

從臺北坐火車南下來到花東，對於剪輯無數輕旅行、祕境探險和野外料理影片的兩人，早已是稀鬆平常的事了。

走到橫列的西瓜田盡頭，前方有一個不大不小的埤塘。埤塘不遠處，就是谷雨小姐的農家小屋。

無需多說什麼，兩人在西瓜田的盡頭同時回過頭——他們剛剛跨越了占地偌大的西瓜田，也路過了成百上千顆的碧綠西瓜。

兩人不約而同地舉起相機，拍下了剛剛走過的那條路。

從西瓜田的盡頭遠望，亮綠色的西瓜葉覆蓋著隱藏其下的飽滿西瓜，恍若一望無際的田地一直蔓延向遠方群山。

這是非常壯觀的西瓜海景色。

白宣放下相機。

「透光兒，你知道嗎?因為時間和地域的關係，我們剛剛走過的西瓜田，可能是我們第一次，也是最後一次走過了。」

「嗯。」

「你不覺得，這是一件很感傷的事嗎？」

「看見美好的風景，遇到難以忘懷的事物，發自內心感覺到快樂之後，面臨感傷的分離——這不就是旅行的意義嗎？」

「旅行的意義？也是。」白宣聽到柳透光的回應，忍不住一愣，隨後伸手抵住下巴思考了幾秒鐘後，認同似地點了點頭。

他們再次往埤塘走去。

沒過多久，他們便抵達了谷雨小姐的農家小屋。

手工建造的籬笆，一根根插在小屋前院。前院的土地上，還種了幾種不同品種的花朵。時值夏天，五顏六色的群花綻放。

「好美。」白宣在花叢旁蹲下，伸出手指，輕觸著花瓣。

她白嫩的手掌向上托舉，修長的食指緩緩順過盛開的花朵。

一棵橘子樹種在前院中央，吸引了柳透光的注意。他隻身走到橘子樹旁，小心翼翼地不踩到任何一朵花。

這是柳透光第一次看到在自己家裡種橘子樹的 Youtuber。

「把橘子樹種到這麼大，要花多少時間啊？」

「只有幾年而已喔。」

一道帶著力量、富有元氣的聲音，從小屋後方傳來。白宣匆匆站起來，與柳透光一同時將視線投向聲音的來處。

他們都有點緊張。

一個穿著樸素亞麻衫與寬褲、腳踏雨鞋的女人，從木屋後方探出身影。

她的衣衫上沾了不少泥土，雨鞋更是濕答答的。

她漂亮的鵝蛋臉正微微發紅，幾滴汗水從兩側的鬢角滑落。線條俐落的黑色短髮，讓她端正的五官更顯精緻。

她手上拿著竹片編成的簍子，另一隻手先是抹去額頭上的汗水，再對白宣與柳透光揮了揮。

「你們就是白宣跟墨跡吧？」

「對，是我們，妳好！」柳透光的回應有點僵硬。

眼前這個年輕的女人，就是這次與他們合作的Youtuber——谷雨小姐。

正因為柳透光自己也是做各地旅行、祕境探險和野外料理類型影片的Youtuber，所以他非常清楚谷雨小姐的能耐，與她豐沛的知識量。

他甚至都稱得上是崇拜谷雨小姐了。

白宣把擱置在地上的白傘拿了起來，另一隻手輕快地摘下遮陽帽，難掩興奮卻盡力克制地走向谷雨小姐。

「午安，我是白宣。」

「喔，妳好。」

「不好意思，我們才剛到這裡，還沒有來得及打電話通知妳。」

「喔喔，沒關係的，先進來坐吧。」谷雨小姐邊說邊走向門口，並伸手示意白宣與柳透光跟著她進屋。仔細一看，她手上的簍子裡原來裝滿了蘑菇。

蘑菇？

柳透光微微一愣，考量到谷雨身上的衣物，或許她之前是走進森林裡摘蘑菇了吧。想到這裡，柳透光對接下來幾天在田園小屋裡的生活，產生了很大的期待。

谷雨小姐的田園小屋，盡可能地摒除了科技產品與非環保的東西。取之自然，用之自然，還之自然。

這是谷雨小姐寫在 Youtube 頻道簡介的理念。

白宣與柳透光走進門內，才發現那扇門只是小院的入口。

谷雨把很多東西種在了庭院內部。

首先迎接他們的是兩排籬笆，上面爬滿了需要攀爬才能順利生長的蔬果花卉。在陽光的照耀下，籬笆上的植物正欣欣向榮地生長著。

腳下的地面是鋪石地板。

他們跟隨谷雨走到籬笆盡頭，那裡有一張木頭方桌。

方桌的四邊，各擺放著一張藤椅。

谷雨親切地說道：「你們先坐一下，我去把蘑菇洗一洗。」

語畢，她一個人走向庭院一角，那裡有一個神奇的設施。

一個用竹子、木頭與石板打造的洗手臺。

石板稍稍傾斜，讓從竹筒流溢出來的水可以自然傾洩。而水龍頭本身，是在一個立直的大竹筒上，插入一個可以旋轉的小竹筒。轉動小竹筒，大竹筒就會流出從屋外引來的溪水。

柳透光與白宣看得目瞪口呆。

谷雨把竹簍放在石板上，石板的高度及腰，是很適合工作的高度。她把蘑菇倒在石板上，同時轉動著小竹筒。

溪水流了出來。

她開始清洗蘑菇。

清澈溪水順著谷雨小姐修長的十指流下，指尖與手指來回搓洗著剛採回來的蘑菇。手法幹練，看得出來她很常清洗野外採集回來的食材。新鮮蘑菇的根部帶有土壤，經過溪水沖洗，瞬間就變得乾淨了。

洗完之後，谷雨把竹簍也過了過水，再把乾淨的蘑菇放回竹簍之中。

帶著竹簍，她走回籬笆盡頭的木桌。

時值盛夏，豔陽普照著整片花東縱谷平原，西瓜田閃耀著金黃色的點點微光。

但坐在谷雨小姐的農家小院裡，兩排高大的籬笆稍稍遮住了陽光。木桌擺放的位置似乎也有考究，刻意地放在了小院的陰影處。

穿著一身純白色無袖洋裝的白宣坐在藤椅上，她微微挺起胸口，正襟危坐。已經摘下天藍色遮陽帽的她，難得地把一頭栗色長髮順到胸前。耳畔的髮絲稍顯凌亂，她優雅地伸出手將髮絲順攏。

相較於白宣，柳透光就隨意多了。他整個人顯得十分自在。

同樣坐在藤椅上，但他的雙眼不時好奇地望向從農家小院門口，一路延伸的兩排籬笆，使用竹子、石板和木頭手工打造的洗手臺，甚至是谷雨小姐手上用竹子編出來的竹簍。

他很想繼續深入探索這裡的每一處，尤其是谷雨小姐的家。

那裡面，到底有多少足以令他與所有人驚訝的古早工藝，抑或是老一輩流傳下來與自然相處的智慧。

「抱歉久等了。」谷雨小姐捲起手臂上的袖子，在藤椅上坐下。

「你們剛剛有路過我家前面那片西瓜田嗎？」

「有的。」

「感覺怎麼樣？是不是第一次看到在夏天正午的陽光照耀下，生長在茂密西瓜葉之中的大西瓜呢？」

「嗯，我是第一次看到這麼多西瓜。」柳透光實話實說。

「我倒不是第一次，但是……」白宣說著，不好意思地垂下頭，「我是第一次看到那種顏色。無數顆種植於西瓜田裡、隱藏在翠綠西瓜葉之間的西瓜，它們在陽光下，好像染上了一層特別的顏色。」

「喔———」谷雨小姐意味深長地「喔」了一聲，眼神在白宣身上多停留了幾秒，「白宣，妳比我想像中的更感性吶。」

「是嗎？」

「你們吃了嗎？或想喝點什麼東西？」

「如果可以，我想喝西瓜汁。」白宣客氣地說道。

「冰的，都好。」柳透光補充一句。

「那好，我們去西瓜田裡摘幾顆回來，直接做一壺西瓜汁。」話音一落，谷雨小姐果斷地站起身。

谷雨站起身前，順手在白宣的手背上輕拍了兩下。

白宣也站了起來，她的雙眸泛著光彩，看樣子對接下來的活動十分感興趣。

「白宣、墨跡，你們應該沒有去現場摘過西瓜吧？等一下跟我走，我們摘完西瓜，回來之後剛好可以煮一頓豐盛的午飯，好好招待你們。」

「嗯嗯！」

「啊，對了。關於合作 Feat 的提案，要討論的話，等我們吃完飯再來討論，可以嗎？」谷雨看向他們，「之前有些想跟我合作的 Youtuber，來之前都表現得很開心、很期待，但一來之後就只想盡快解決合作拍攝。」

白宣看了柳透光一眼，柳透光無奈地笑了。

「比起合作，能下田摘西瓜、能親自走進廚房看看谷雨的料理手法與環境，這遠比合作提案更有價值。」柳透光認真地說。

「那就好。」谷雨放心地走向籬笆道。

柳透光與白宣快步跟上。

能吃到谷雨小姐親手做的料理，不論是白宣還是柳透光都非常興奮。因為他們兩人也是製作過野外料理和祕境探險影片的 Youtuber，他們可以輕易看出谷雨的能力與知識。

這肯定值得期待。

從谷雨小姐的農家小屋往後走，是一個偌大的埤塘。埤塘裡養著魚，偶爾會出現在谷雨頻道的影片中。

時間慢慢到了正午，三人走向覆蓋著一層金黃色光芒的西瓜田。

谷雨仍穿著樸素的亞麻衫與寬褲，鞋子倒是換成了一般的布鞋，走在田裡非常方便。

走到西瓜田的邊緣，她回首問道：「白宣、墨跡，你們知道什麼樣的西瓜比較甜嗎？」

「這個我聽過，花蓮的西瓜品種大部分都是華寶西瓜。整顆西瓜看起來果形圓滿、外皮光滑，好像可以用底部黃斑面積判斷西瓜的甜度和成熟度。」白宣並不是很確定，說話的語氣也略有保留。

「沒錯，但那只是一部分。」谷雨伸手指向不遠處的西瓜田，笑著說，「我們直接去看看吧。除了西瓜底部的黃色，還可以從瓜臍觀察喔。」

「喔？」

「西瓜的底部有一個叫『瓜臍』的地方，那個地方愈小愈窄，也代表這顆西瓜愈成熟、愈甜。你們都來找找看吧。」

「咦？直接摘嗎？」

「放心，我會跟農場主人報帳的。」谷雨揮揮手，便在西瓜田裡蹲下。深色寬褲的膝蓋處直接著地，但她一點也不在意。

單膝跪地，上半身前傾，伸出雙手探向西瓜。

柳透光凝視著谷雨。

他發現自己被谷雨這種二話不說、專注勞作的模樣所吸引。他同時也注意到了，谷雨的雙手並不像白宣的手指那樣光滑白皙。

谷雨的手部肌膚有點粗糙，看得出來是長期勞作的手。

白宣也跟著在谷雨小姐的附近蹲下。

穿著洋裝的白宣，在蹲下前小心翼翼地牽起裙襬，直到單膝跪地後才放開手，將目光也看向西瓜。

曝曬在夏日豔陽之下的西瓜，表面溫度略高，摸起來甚至有點燙手。

白宣用手輕輕彈著西瓜。

底部呈現黃色，顏色愈黃，熟度愈佳。

瓜臍愈小代表愈成熟、愈甜。

柳透光一臉好奇地盯著白宣，並在她身邊蹲下。

「咦？妳為什麼要敲西瓜？」

「聽聲音。」白宣的手掠過一顆顆西瓜，「聲音太清脆，代表西瓜裡面的果肉還不夠成熟，要聽起來悶悶的最好。」

「真的嗎？」

「真的。」白宣認真地點點頭，一雙美麗的眼睛裡，此刻只有西瓜。

柳透光也開始尋找好的西瓜，幾分鐘後，他感受到肩膀被人戳了一下。不用回頭，他也猜到是白宣在戳他了。

「怎麼了？」

柳透光側頭一看，發現白宣正把一顆大小適中的西瓜抱在懷裡。西瓜已經被白宣剪斷瓜蒂，邊緣依稀沾了點泥土。

白宣的笑容一如晴天般燦爛。

「吶吶，透光兒。」

「嗯。」

「你看這顆西瓜，是我現在找得到最好的了。」

「我聽聽看。」

柳透光把頭靠向白宣雙手捧著的西瓜，耳朵直接貼附在西瓜皮上。

「我要敲囉。」

「好。」

隨著白宣伸出手指，以食指關節輕輕扣了幾下西瓜皮，悶沉綿密的聲音傳入柳透光的耳裡。

「哇，聽起來真的悶悶的。」

「嘻嘻，我就挑這顆了。」白宣抱著西瓜，滿足地站起身。

柳透光用手探了探幾顆，最後也選了一顆他覺得已經成熟的西瓜。

採西瓜，原來不是一件容易的事。

「好了吧？」

谷雨早就挑選好了，此時正站在一旁微笑地觀察著白宣與柳透光的互動。在谷雨眼裡，正值青春年少的兩人，互動既可愛又青澀。

等到他們都選好後，三人一起踏上回程。

夏日的暑假，三人遊走在東華大橋下的西瓜田。

白宣身穿白色的無袖連身裙，頭上戴著天藍色遮陽帽，讓她的氣質顯得優

雅而別緻。

暖夏的陽光照得柳透光幾乎睜不開眼睛。陽光映照在白宣身上，讓她本就如月光般細嫩的膚色更加耀眼。

微風撫過，站在水渠旁的白宣側過頭，望向不遠處的大橋，一頭栗色長髮隨著微風飄散，露出她神祕的後頸。

美得令人屏息。

柳透光停下腳步，情不自禁地拍下了這張照片。

「這個當作封面圖應該會輕鬆上發燒影片吧。」他忍不住呢喃著。

這一回，他們跟著谷雨走進了農家的小屋。

說來真是不可思議，雖然沒有冷氣，也沒有空調，但或許是因為小屋本身的建材與著重通風設計的原因，只有風扇運轉的室內卻一點也不炎熱。

放眼看去，幾乎所有傢俱都是使用就近的原料手工製作而成。

谷雨居住的小屋很大，隔間似乎很多，她帶著白宣和柳透光越過主廳之後，一路走到了廚房。

陽光淡淡地從廚房一角灑落。

打開通往廚房的後門，裡面有一座正對著埤塘的料理臺，那似乎是一片質地很好、經過防水處理的木板。廚房是開放式的空間設計，也因此，陽光能大量地穿透進來。

現在是正午過一點點的時間，料理臺上灑滿了陽光。

但人站在料理臺前，卻剛好處於屋頂與樹木交錯的陰影之下。

「嗚哇，好美。」

透光忍不住驚嘆，他舉起相機，詢問谷雨小姐能不能拍照。

谷雨輕輕點了點頭。

農家小屋是盡可能地融入大自然裡，不太使用電器和3C產品，果汁機當然也沒有。

谷雨走向料理臺，把自己採來的西瓜用水洗了洗，然後放到木板上。

刀起。

刀落。

刀身較長的西瓜刀，在谷雨修長食指的輕按下，劃破了西瓜。紅色的汁水緩緩從西瓜裡流淌而出。

她先把西瓜切成四等分，再一塊塊把西瓜切成小塊。這個過程理論上會花費一點時間和力氣，但谷雨小姐卻非常熟練，刀功甚好的她，輕易地就將大西瓜切成了無數小塊。

柳透光一直錄著影。

「啊，看來我這一顆就夠了呢。」谷雨恍然驚覺。

她稍稍停下手上的工作，說道：「哎呀，你們剛剛採的西瓜先找地方放著好了，放在角落的架子上或是木桌上都可以。三人份的西瓜汁，我手上這一顆就綽綽有餘了。要是三顆都用了，我們一定喝不完。」

那就會浪費了。谷雨在心中補了這句話。

「那我先放到旁邊。」白宣輕快地回應，放下西瓜後，她快速走到谷雨身旁。

「不用果汁機的話，要怎麼做出西瓜汁？」

「很簡單，有工具就好了。」

谷雨從料理臺下方的抽屜裡，拿出一個玻璃罐與小型木杵。她雙手俐落地拿起切好的西瓜，丟進玻璃罐中，然後用木杵擠壓。很快，被切成小塊的西瓜就變成了鮮紅美味的西瓜汁。

「這很簡單，我來處理就好了。」谷雨隨性地說著。

在一旁的白宣，雙眼先是從谷雨小姐手中的西瓜汁移向外面的藍天白雲，再望向遠方的埤塘，與更遠處從東華大橋一路蔓延的翠綠西瓜田。

遙遠的視野彼方，是雲霧籠罩的海岸山脈。

只是無意間向遠方眺望，沒想到竟然能看到如此絕妙的景致。這就是生活在大自然中的好處吧。

真是令人心生嚮往啊——白宣忍不住伸手按住自己的胸口。

幾分鐘後，谷雨小姐做好了三杯西瓜汁。

廚房裡雖然盡可能不使用電器，但作為保鮮食物的唯一方法，冰箱還是有的。

谷雨小姐從冰箱裡拿出一小盒冰塊，放入玻璃杯中。

「走吧！」

她手持木盤，端著三杯西瓜汁，一路走出農家小屋。他們回到了一開始坐著的宅院角落。

夏日炎炎，藤椅木桌處卻十分陰涼。或許是因為位於開闊的環境，遼闊的平原上不時有微涼的風輕拂而過。

三杯西瓜汁放在桌上。

「好喝耶。」

「……好甜。」

柳透光與白宣一前一後發出發自內心的讚美。現採的西瓜，又是手工製作的西瓜汁，他們都覺得非常好喝。

谷雨一臉好奇地盯著他們。

「你們兩個……真的不太一樣。」

「嗯？哪裡不一樣？」

「想跟我合作的 Youtuber 不少，我答應合作的 Youtuber 也不少。但像你們這種真正想瞭解我在這裡的生活，想透過自己的雙手雙腳，生活在這片土地上，感受著這片土壤的人，卻屈指可數。」

「真的嗎？」白宣有些不敢置信。

「……嗯。」柳透光想了想，倒沒有那麼意外。

谷雨端起玻璃杯。

淡紅色的西瓜汁混合著冰塊，杯中還看得見小塊小塊的果肉。谷雨喝了一口，露出滿足的神情。

「有些人一來就想趕快拍完影片走人。他們甚至連跟我一起去西瓜田裡摘西瓜、一起去廚房做西瓜汁都不太情願，更別說等我了。在大自然裡的生活本來就不可能像影片裡的那麼美好夢幻。」

白宣微傾著頭，筆直的栗色髮絲順著肩膀滑落胸前。

「我很喜歡這裡的生活呢。」白宣用手觸摸著粗糙的木桌。

「所以，我才說你們看起來跟別人完全不一樣。不是純粹為了拍影片來到這裡，而是為了想來這裡而來到這裡。」

谷雨的聲音隨風飄揚，聽在白宣耳裡，讓她稍稍陷入了沉思。

拍影片的初衷？

為什麼要當一個 Youtuber？

幸好，我從來沒有忘記。白宣在心裡想著。

其實，在高二的寒假伊始，白宣也曾經陷入迷途。

迷途，謂之「失去前進的方向」。

她隱藏著自己。

只為了在他人眼中尋找真正的自己。

最後，在柳透光的努力之下，在許多人的幫助之下，白宣穿過了迷霧，走回了她的旅途上。

思緒就此結束。

白宣恍然回過神，拿起玻璃杯，也喝了一口西瓜汁。冰涼微甜的西瓜汁通過喉嚨，讓白宣的精神為之一振。

「谷雨小姐，關於這次的合作……我有一個想法。」

「請說。」

「除了請妳帶領我們深入瞭解體驗在這片土地上，貼近自然的生活方式之外，我希望我們可以進行一場對決。」

「對決？」谷雨面露不解。

在一旁的柳透光露出恍然大悟卻又一臉震驚的表情。

白宣把雙手平放桌面，充滿期待地說道：「我們的頻道『追逐夜星的白宣』，還有妳的頻道『谷雨』，都是以做野外料理、在大自然的土地上生活、在祕境裡冒險為主題，當然我們更偏向旅行一點。

「我們可以來一場『料理勝負』。在谷雨小姐的小屋附近，所有看得到的野外食材都可以使用。雙方做出獨特料理，進行對決的『料理節目』。」

「聽起來……很有意思啊！」谷雨一聽，難掩興奮地叫道。

「是吧？」白宣的臉蛋上浮現淡淡的得意。

料理勝負，這確實是臨時想到的節目主題。

谷雨面露歡笑，思考了幾秒後說：「這樣吧。今天我繼續帶你們瞭解我家附近的環境，盡量把周圍都走一遍。如果要去比較遠的地方，再騎電動腳踏車去好了。我們也可以多錄一點關於環境與風景的素材。」

「好。」

「明天，我們就開始進行『料理勝負』，裁判的話……」谷雨的望向白宣與柳透光。

「這個簡單。」柳透光攤攤手，直爽地說道，「我們可以找附近的村民來幫忙，哈哈。啊，也可以找粉絲來當裁判。」

「喔，這樣還可以順便促進觀光，也不錯。」谷雨點頭贊成。

「可以，我也支持。」

三人就這樣在談笑間確定了影片企劃。

確定了企劃後，白宣與谷雨彷彿忽然打破了隔閡，像是相識已久、很久未見的老朋友般快樂地聊著天。

她們做的主題在臺灣都很少人做。

兩個人大概也早就想跟彼此合作、認識彼此了吧。

柳透光在一旁靜靜地聆聽，嘴角也帶著悠閒的笑意。他不時看著籬笆道上那兩排籬笆，蝴蝶翩然飛過，還有可愛的瓢蟲在綠葉上爬行。

柳透光的視線遊走，望向籬笆道盡頭的那扇門。門外的埤塘與一望無際的西瓜田，在在提醒著，這裡位於島嶼以東的縱谷平原。

世外桃源啊。

他從白宣輕快的、時而急促的、雀躍無比的音調裡聽得出來，她遇到知己了。這點對於谷雨來說，肯定也是。

被陽光蒸發的水氣緩緩在冰鎮西瓜汁的玻璃杯身上凝結，水滴隨著重力漸漸滑落。

柳透光把相機貼平在木桌上，近距離拍下了水滴滑落的玻璃杯。遠景的景深模糊，彷彿拍下了夏天的浪漫。

「我超喜歡妳的那個影片——『明前雨前，穀雨二春』。」

「妳喜歡哪一部分呀？」

「主題，嗯，標題也是。」

「那個標題……」谷雨探前身子，悄悄地跟白宣說，「我想了快兩天。」

「嗚嗚，兩天而已嗎？」

「那白宣妳平常都想幾天啊？」

「如果要想很有意境的標題，可能都要一週。我看到妳那部講述臺灣茶文化的影片時，好佩服啊。我也想拍出那樣的影片，但沒有一定的知識儲備跟生活體驗，根本做不到。」

「是啊。我是因為家裡的阿嬤，從小就教了我很多以前他們年輕時的生活方式與工藝，我才學會的。臺灣從古早時代開始，就一直用二十四節氣採收茶葉，但現在已經很少人知道了。」谷雨的眼神流露出點點落寞。

此刻兩人心中的畫面與想像是一致的。

滿山薄霧。

當第一縷陽光隔著海岸山脈從遠邊緩緩升起，透過雲隙，一片片點亮了梯田與春茶。一小尖一小尖茶葉，在茶農的仔細挑揀下，被收在了採茶的簍子裡。經過揉茶、曬茶、製茶等多道程序，最終才能製作出供人沖泡的茶葉。

「這些承載著時代與文化的記憶，我想讓更多人知道。」谷雨以富有情緒的柔軟聲音說道。

桌上的玻璃杯都空了。

「我去洗杯子。」

「我來就好了。」

「不用，谷雨妳坐著。」白宣拿起桌上的杯子，忽地往院子裡的洗手臺走去。

那是用竹筒與石板手工打造的設施。

「等等我，白宣兒。」

柳透光帶著相機，追上白宣。

白宣扭開小竹筒，沁涼而清澈的溪水流了出來。白宣發出驚呼，並伸手清洗著玻璃杯。柳透光在一旁很有默契地錄著影。

「這個洗手臺好有意思。」

柳透光把洗手臺拍了下來。溪水流過白宣光滑、形狀漂亮的手指，再從玻璃杯面滑落，順著傾斜的石板流進排水溝。

玻璃杯洗乾淨了。

「白宣、墨跡，跟我進屋吧，中午已經過一陣子了，你們大概也餓了吧。」

「我還好。」

「可能是做太多事了，現在我已經不餓了。」

「真的？」谷雨微微吃驚，「既然都不餓的話，那你們要不要吃吃看我昨天包的包子？簡單吃一下，我們下午去遠一點的森林。」

「森林！」

「就是早上妳採蘑菇回來的地方嗎？」白宣滿臉好奇地問。

「對。」

谷雨點點頭，正想多作介紹，卻看到白宣與墨跡紛紛走向她，等著跟她進屋。

這副場景，就像一分一秒都不想多等似的。

要是來到這片土地遊玩的旅人，都像你們一樣就好了。谷雨心想。

但她也明白，那是不可能的事。

時代愈走愈快，已經漸漸容不下慢活的生活節奏，再也無法包容那柔軟的大地呢喃。早些年，她在寒暑假還能看見小學生在屋後的埤塘邊玩耍，森林的邊緣也經常有小孩奔跑嬉戲。

現在，都沒有人了。

彷彿再也沒有人願意踏上這塊土地，彷彿土地早已被遺忘。

她看著白宣跟墨跡走在她身前，一如當年她看著一對小男孩和小女孩，在東海岸的沙灘上奔跑著。

經過主廳時，她讓那兩人先坐下來等。

「不用，我們跟妳去吧。」

「也好。」

他們一行人回到廚房，谷雨從冰箱拿出昨天包好的包子。

這時，白宣忽然叫道：「咦？這裡是不是沒有瓦斯爐？」

「對。」

「那我們要怎生火煮飯？」柳透光一邊追問，一邊走向料理臺。

「其實也可以去客廳用微波……」谷雨正要解釋，卻又聽到了白宣的驚呼。

「等一下，料理臺旁邊是不是有個爐灶？天啊，是那種要砍柴燒柴的傳統烹飪設施嗎？」

「……好像是。」

柳透光快步走向爐灶，白宣也飛快地湊了過去。

兩人先是仔細地把鍋子拿起來，再蹲下去看看鍋子下方的空洞。這確實是一個爐灶，可以在這上面燒火煮飯。

白宣與透光對視一眼，不約而同地露出笑容。

「白宣兒，這是我第一次看見這種東西。」

「以前都只在電影電視裡看過，對吧？」

「太特別了。」

「透光兒，不然我們來用用看吧？把柴丟進去，然後把火點燃就行了吧？」

「我沒有用過，但應該是。」柳透光微微蹙眉，伸手探進爐灶內部，摸了摸裡頭的樹枝和木材。

那裡有些灰燼，但絲毫不影響柳透光的興致。

「哈囉——哈囉——停一下，兩位，白宣、墨跡，聽我說——」谷雨怎麼喊都沒有人注意，最後她只好強勢地插入兩人之間。

「怎麼了？」

「你們不是想快一點去森林嗎？只是吃包子的話，客廳有微波爐可以使用。要在這裡生火、用蒸籠蒸包子，可能要花一小時左右。」

「我想生火。」白宣想也沒想，率直而任性地說道。

「我想把時間浪費在美好的事物上。」柳透光輕描淡寫地說。

「……好吧，木柴在角落裡。」谷雨略顯無奈，她邊挽起袖子邊說，「那我先去換衣服。你們把比較大的木柴放進去，在木柴下面放一些細小的樹枝，等都鋪好了，再點火讓火燒起來。」

「瞭解。」

谷雨望著兩人忙碌的身影，下意識地想說什麼，但她最終莞爾一笑，離開了廚房。

身上的衣服有些黏膩，她該換一件了。

柳透光選了幾根大的木材丟進爐灶裡，白宣很有默契地把一些小樹枝細細地塞進空隙。

「白宣兒，應該可以了吧？」

「感覺可以。」

「那妳準備點火吧。」

大鍋下方，就是他們即將點起火焰的地方。

「等一下喔。」

透光靠在白宣身邊，拿著相機開啟了錄影模式。兩人擠在小小的爐灶口前，白宣的臉蛋微微冒紅，身上飄散著淡淡的青檸香氣。

大鍋底下放置木材的地方一片灰暗。

火柴燃起，白宣手指一拋，將那一點星火彈進了爐灶口。

火焰緩緩由微弱轉為旺盛。

一片漆黑之中，熊熊火焰點亮了爐灶。兩人放置木柴的位置十分不錯，火焰很快便穩定地燃起。

大鍋裡倒入清水，再把放入包子的蒸籠放進大鍋。

蓋上蓋子。

「大功告成。」白宣的手離開鍋蓋，半回過身，看向柳透光。

柳透光看著額頭微微冒汗、小酒窩浮出可愛櫻紅色的白宣，正半回過頭，開心地露出笑容。

他往前走了一步，伸手從背後抱住白宣。

身體的動作比他的思緒還快，等他意識過來，他看見白宣低下頭，害羞地說道：「透、透光兒？」

「……啊。」

他「啊」了一聲，但想了想，覺得還是不要那麼早放開。

剛剛好的身高差，他用下巴抵在白宣漂亮的肩膀，輕輕貼著她的側臉。

兩人的體溫都有點高。

夏日的農家小院裡，時間彷彿就此停滯。周圍除了柴火燃燒時的劈啪聲和水滾沸的聲響，什麼聲音都沒有。

怦然心跳。對彼此都是。

柳透光耳裡只能聽見白宣的呼吸和心跳的聲音。

幾秒後，白宣在柳透光的懷抱裡慢慢地轉身，稍稍抬頭望著他。她滿臉通紅，但仍敞開雙臂抱了他一下。

柳透光一愣，隨即鬆開手，用手溫柔地撫摸著白宣的頭頂。

「吶，透光兒。」

「怎麼了？」

「料理勝負，你也要想要做什麼料理喔。」

「當然，我們是一組的。」

「嘻嘻，那就好。」白宣開心地笑著，再次蹲到爐灶口旁。

火焰仍旺盛地燃燒著。

因為這裡是開放式廚房，廚房內部與戶外相通，通風非常良好。即使站在室內，都能感受到來自屋外新鮮空氣的流動。

爐灶燃燒時造成的高溫不太明顯，只有包子的香氣瀰漫在空氣中。

谷雨回到臥室。

脫掉亞麻衫後，她看了看衣櫃，隨手挑了一件夜幕綠的吊帶運動背心。這件衣服讓她活動起來十分方便。

雖然白宣跟墨跡在廚房裡點火、蒸包子，但她一點也不擔心。

他們兩人一定能成功蒸熟包子。

過去她合作的對象，確實也有那種只看 Youtube 頻道，好像很懂料理、很瞭解食材，但真的到現場卻一竅不通，連鍋鏟都不熟，只靠著經紀人與製作團隊幫忙的 Youtuber。

但谷雨很有自信。「追逐夜星的白宣」頻道的兩人，一定很擅長料理。

他們 Youtube 頻道裡的影片，谷雨幾乎都看過。

她很意外，第一次看到時甚至堪稱震撼，居然有這麼年輕的 Youtuber 會上山下海、穿梭於臺灣南北、走入杳無人煙之地。

祕境探險。

野外料理。

她走出房間，隨手闔上門。

再次回到廚房時，在走進去前，谷雨就知道他們兩個人成功了。

空氣中充滿了包子的香氣。

走進廚房，白宣跟墨跡果然正默契十足地把蒸籠端到桌上。一人拿著餐具，一人滿懷期待地揭開蒸籠。

「你們成功了嗎？」

「當然。」

「爐灶裡的火熄了嗎？」

「熄了。」白宣俐落地把蒸籠上的水蒸氣拭去，「以前我跟透光兒在山上做野外料理時，結束後一定會確認火已經熄滅了。」

「谷雨姐快來，這個包子真的很好吃。」

「來了，來了。」

谷雨拉開椅子坐下，加入他們。

包子很燙，但吃起來很滿足。

吃完包子，就該探訪森林了。

中午可以暫時用包子打發，反正大家都不餓。但晚上，谷雨心想自己一定要拿出一道拿手料理才行。

無數食譜在谷雨心中閃過。最後她決定煮一道時令料理，當作今天的晚餐。

而明天即將開始的料理勝負，是她發自內心期待的事。

「下午我帶你們去熟悉附近的環境。」谷雨說。

「嗯嗯。」

「這樣明天我們進行料理對決，你們就知道去哪裡找食材了。我家附近幾乎什麼都有呢。」谷雨略顯自豪地說道。

當初她選在這裡蓋農家小屋，是有理由的啊。

前有埤塘，後有森林。

附近有來自遠方高山一路流淌到下游的冰涼河水，也有整個東臺灣最大的西瓜田。

在這個位置蓋農家小屋，最適合不過了。

吃完包子，白宣再次戴上那頂天藍色的遮陽帽。他們一行人開開心心地走出小屋。谷雨走在最前方，沿著小屋周圍的鄉間小路開始介紹探詢。

不止要去森林，更要讓足跡踏遍這片美好的土地。

森林距離谷雨的小屋有一段距離，他們在小屋附近繞了一圈後，谷雨用手機打了一通電話。不久，一輛滿載著西瓜的小貨車出現在了馬路邊上。

「白宣、墨跡，上車吧，他是我的朋友，也是在附近的西瓜果農。他要去送貨，剛好會經過我們想去的地方。」

「好呀。」

於是他們一行人坐上了看上去十分和藹的中年男子的貨車上。谷雨小姐坐在副駕駛座，白宣與柳透光則坐到了貨車的後方。

小貨車開始沿著公路行駛，前往他們的目的地。

花東縱谷平原的景色很美。

能讓人靜下心神，暫時不再思考那些無法解決的煩惱。

穿著運動背心的谷雨，帶著他們走向森林。一開始森林邊緣的路還算好走，但一進入森林，就變成了鋪滿碎石且高低不平的土壤地與雜草地。

有些地方的雜草幾乎比人還高，道路兩側樹枝與草叢遍布，幾乎讓人難以行走。

谷雨觀察著墨跡與白宣。

他們兩人依然堅定地走著，不時用手撥開雜草與刮人的樹枝。

一點抱怨也沒有。

谷雨帶著一把小鐮刀。

走到林間小路、雜草過於茂盛的地方，她會揮動鐮刀砍掉多餘的草木與樹枝。

森林就是個藏寶箱。

寶藏箱裡藏著什麼，取決於冒險者的智慧。

無數蕈類隱藏於林間，長在濕地上、長在樹木下方、長在朽木之上，就連路邊不起眼處的草叢邊，都可能生長著小野莓。

野莓在臺北不是那麼容易見到，在這裡卻隨處可見。

桑椹、野莓、野生小番茄，在這座森林裡恣意生長。白宣與柳透光摘了幾顆果子，嘗了嘗味道。

「透光兒，是河！」

「真的耶。」

柳透光回應著白宣的呼喚，一邊拿出了相機。

流水聲潺潺，一條澄澈見底的河流穿越了森林。

毫無雜質的溪水清澈得能看見在溪流裡游動的小魚和溪蝦。

這裡距離橫跨在木瓜溪下游的東華大橋和谷雨小姐的農家小屋已經非常遙遠了，當然也遠離了熱鬧的市區。

而這條林間小溪最終會與大河交會，然後流入幅員遼闊的蔚藍太平洋。途中，還會流經那片泛著金黃色光芒的西瓜田。田裡的西瓜十分甘甜，今天他們才親自品嘗過。

這樸實的大自然風景，無比吸引著白宣與柳透光。

到了下午，太陽漸漸西下。

這個時間，溫度已經不如中午那般炎熱。

從木瓜溪上游一路往下游走去，走了將近一整個下午，他們邊攝影邊聊天，最後在夜幕降臨之前走到了銅門大橋旁。

這裡附近已經有零散的商家與旅遊中心。谷雨小姐再次打了通電話，請一位熟識的司機開車來接他們。

趁著空檔，谷雨、柳透光和白宣三個人一起站在銅門大橋上，望著向遠方流淌的木瓜溪水，夕陽的餘暉柔和地鋪灑在他們臉上。

暖夏傍晚的薰風總是十分舒適宜人。

耳邊是溪流發出的潺潺流水聲，清爽的風捎來了山谷深處的涼意。

「白宣，墨跡，在這裡好好享受吧——夏天，是最適合來這裡玩的季節了。」谷雨開心地說。

語畢，白宣與柳透光齊齊點頭。

那瞬間，谷雨不由得一愣。她抿了抿嘴唇，一股難以言喻的感動在她的內心掀起陣陣波浪。

有多久了？

像個小孩一樣熱衷於自己想做的事。

像個天真無邪的孩童般在鄉下田野間盡情玩耍。

即使自己就生活在這裡，也遠遠沒有像白宣與墨跡這樣，全心全意、開開心心地沉浸其中。

為什麼呢？

她在內心朝自己吶喊。

谷雨的手緩緩撫向胸口。

迎著風，她將目光投向遠方的群山，許久後微微揚起嘴角。

她想到了一句話，來自一位總是戴著畫家帽的學妹。

——這個世界，哪來那麼多理由？

今天要準備進行料理勝負了。

前一天晚上，他們各自商量好要做的一道料理。

白宣換上了比較適合活動的輕便衣物。純白的寬大上衣幾乎遮住了合身的牛仔短褲。

柳透光站在農家小屋的前院，眼光不時望著白宣。

「是說，白宣兒。」

「嗯?」
「我今天早上滑 Instagram 的時候，看到王松竹跟小青藤也來花蓮了。」
「咦?他們來這裡做什麼?」
「旅行吧。」柳透光不太確定地說。
其實他也不知道，但王松竹跟小青藤特地跑來花東，可能是為了旅行，尋找創作音樂的靈感吧。
白宣歪歪頭。
「那好像可以把他們叫來耶。一起來看看這個地方，谷雨小姐的農家小屋，真的很值得一看。這可是谷雨頻道的影片裡最常出現的地方!」
「感覺他們會很有興趣。」
「透光兒，你問問看好了。」
「嗯嗯。」柳透光應道，走到一旁打起手機。
過了一會兒，前院的門緩緩打開了。一頭俐落短髮的谷雨小姐從門裡走了出來，她帶了點輕盈感空氣瀏海正輕快地搖晃著。微微開釦的圓領亞麻衫露出了胸前漂亮的鎖骨，腿上依然是那件方便活動的寬鬆黑色長褲。

谷雨小姐望向遠方，充滿元氣的目光越過了埤塘和偌大的西瓜田，直到在太陽下閃耀著光芒的東華大橋。

「早安，白宣、墨跡。」

「早安。」

「今天要來做料理了，你們都準備好了吧。」

「當然，今天是一場野外料理對決。」白宣雀躍地說道，「所有在海岸山脈與中央山脈之下的這片土地上，只要走得到、看得到、摸得到、用得到的東西，都可以使用。」

「沒錯。」

「那我們出發去找食材了！」

「好……」話還沒有說完，谷雨的瀏海便被一陣微風吹亂，她隨性地輕撩，目送向遠方出發的白宣與柳透光。

白宣踏著輕盈的步伐，在埤塘邊慢慢溜達。

埤塘的水面倒映著白宣曲線漂亮的長腿。寬大的衣服下襬讓她的雙腿顯得更加勻稱好看。

藍天白雲，晴空萬里。

暖夏的微風輕輕拂過柳透光與白宣的髮梢。

白宣露出如晴天般的燦爛笑容。

她的手指堅定地指向前方，好像那裡是希望所在的方向。

他們兩人往西瓜田附近的水渠走去。

沿著水渠可以去到很多地方，最後可以走到東華大橋下的主溪流處。

時值暖夏，兩人不約而同地回想起先前那些值得懷念的旅行。

迷途的旅程。

兩人一路說說笑笑，發自內心地感到輕鬆快樂。

對於他們來說，課業之餘，也只有在拍片剪片、構思題材想劇本的忙碌工作後，才難得可以悠哉地投入旅行。

他們準備的料理是「烤魚佐花東時令野菜湯」。

魚在埤塘或附近的水渠裡就可以抓到了，當然也可以去遠一點的河流上游釣魚。

至於佐料，臺東與花蓮一帶生長著非常多臺北看不到的野菜。野菜具有原始的、帶著一點野性的森林風味，味道與平常吃的蔬果全然不同。在花東的原住民料理中，就時常可以看到各種野菜的身影。

昨天與谷雨小姐同行，有認識的貨車司機可以載他們。今天谷雨小姐沒有一起來，於是白宣預約了一臺計程車載著他們前往森林附近的地標。

計程車很快就抵達了位於森林邊的目的地，是一家離清幽的森林只有十分鐘路程的商店。

白宣與柳透光肩並肩往森林走去。

一踏入森林，空氣間隱約飄散著樹木清幽的氣息，讓人在不意間便放鬆了下來。

落葉隨著不時吹來的微風紛飛亂舞。

柳透光與白宣先後踩過落葉堆。

比起森林以外的縱谷平原，這裡顯得更加寧靜、更加杳無人跡。

除了樹葉摩擦時的窸窣，柳透光甚至能聽到白宣微喘的呼吸聲。

樹木茂盛的枝芽交錯，太陽的光芒幾乎被隔絕。

穿著 Oversize 的寬鬆上衣、腳踩白色布鞋的白宣，自在寫意地悠遊在森林之中。

恍若生於森林的精靈。

白宣邊哼著歌，邊彎下腰，半蹲在地上尋找著她想找的野菜。

另一頭，柳透光偶爾會回頭看看白宣的動向。

這個季節，到底有些什麼野菜呢？

搭配烤魚的話，最好是適合清淡料理方式的野菜。溫潤爽口的味道最好。

柳透光一邊在森林裡信步遊走，一邊拍著照片，最後他在草叢附近看見了傲然生長於山林中的野菜。

依靠著腦海中的知識，他認得出來許多野菜。

味道甜美的昭和草，燙一燙就可以品嘗。

森林入口附近的芒草生長過剩，很多人都不知道，芒草其實也是很可口的野菜。在臺灣的鄉村道路兩旁，經常可以看到芒草茂盛地生長。在芒花剛開時，小心翼翼地將花梗抽出，前端偏嫩的花梗可以食用，又稱為「芒筍」。

從地面筆直躥出的箭筍；形似茄類植物、苦澀卻又回甘的輪胎苦瓜；路旁隨處可見的龍葵；生長在濕潤樹幹上的山蘇……

森林真的深藏了許多寶物。

柳透光蹲在地上，繼續尋找著野菜。

「呼……」幾滴汗水從他的額頭滑落。

他緩緩地用手擦去，好奇地看向白宣。

白宣依然忙碌著。

身子輕盈纖瘦、一身白衣白鞋的她，就像在森林裡活躍的妖精。她的竹簍子中已經有了一些野生蕈類。

「白宣兒？」

「嗯，怎麼了？」

「我這邊找到了很多野菜，夠我們幾個人吃了。妳那邊呢？」

「差不多。」

白宣停下腳步，手背輕輕拂向額頭，栗色瀏海順著手指向右方順去。柔順的髮絲貼著形狀好看的眉毛，但過長的髮尾又再一次滑落胸前。

白宣卻不想再整理了。

她抬頭仰望天空。身處花東的隱密森林之中，幾縷陽光越過了交錯的樹木枝葉，淡淡地映照在她微紅的臉蛋上。

「吶，透光兒。」

「嗯？」

「我想睡一覺。」

「在這裡嗎？」

「對。」

「妳要怎麼睡呢？」

「靠著大樹就可以了。」

白宣看似有些疲倦，但與其說是疲累讓她想稍作休息，不如說她單純想體驗在森林裡睡午覺的感受。

見柳透光不置可否，白宣微微勾起嘴角，她早就預測到他的反應。

——透光兒就是個笨蛋。

——就算是他覺得我不該這樣做，但只要他覺得不會傷害到我，他就會在一旁縱容我做我想做的事。

——他會一直在我身邊，看著我、陪伴著我。

白宣走向附近一棵大樹，確認樹幹上與樹底沒有過多的昆蟲和泥土後，靜靜地放下竹簍。

她的背部輕輕貼著大樹根部，把頭頂上天藍色遮陽帽的帽沿再次壓下。

這樣就可以擋住太陽了。

暖意在清幽的森林中徐徐流淌。

手掌。

「透光兒，一起來睡啊。」

她剛說完，就感覺到身邊有人靠近。這熟悉的氣息，讓她安心地閉上了雙眼。

睡意漸漸湧上。

意識朦朧之間，她隨手把手探向右側——那是透光兒所在的方向。

手指先是觸碰到了柔軟的衣物，再繼續往下探尋，最後觸碰到了柳透光的手掌。

青澀的溫度像小石子落入水中，在兩人之間漾起淡淡的漣漪。

兩人都沒有說話。

背靠著大樹，他們緊閉的雙眼也沒有睜開。

手指輕觸輕探，也不知道是誰先抓住了對方。在睡意漸濃之間，他們的雙手穩穩地牽在了一起。

靜謐的森林無比幽靜，自然中的萬物是那般和諧，就像是身處於不存在紛爭與喧囂的童話世界。

兩人就這樣無憂無慮地在大樹下沉睡。

直到一隻飛鳥掠過枝頭，清脆的啁啾為午後時分畫下句點。高亢的鳥鳴聲，驚醒了正在酣睡的柳透光與白宣。

經過短暫的午睡，兩人都恢復了元氣。

「吶，透光兒，走吧。」剛剛睡醒的白宣，低頭望著還殘留餘溫的手掌，柔聲說著。

「好呀。」同樣剛睡醒的柳透光溫柔地回應著。

柳透光與白宣從森林裡走出來時，竹簍裡裝了不少他們採集到的時令野菜。他們再次搭車返回東華大橋，然後走到埤塘邊，把先前釣好的魚撈了起來。所有食材到齊。

今天的食譜，是「烤魚佐花東時令野菜湯」。

以前在山上或是海邊時，他們也常常升起火堆，直接把食材架在火堆上烘烤。火焰炙熱的溫度能激出食材本身的味道，這是最為原始的料理方式之一。

把今天釣到的大魚處理乾淨，刮掉魚鱗，去掉帶著腥味的內臟。然後在表皮塗抹上一層鹽巴，內部埋著幾枝從小院摘採的百里香和迷迭香，用碳火烘烤出酥脆的外皮，再灑上一點胡椒提香，魚肉的鮮甜便會進一步昇華。而爽口的野菜湯，正好溫潤了整道菜的口味。

他們在谷雨家附近找了塊空地，默契十足地開始搭起火堆。柳透光的手機忽然響了一聲，他便拿出來看了一眼。

「白宣兒，小青藤跟王松竹在往這邊的路上了。」

「這麼剛好呀。」

「嗯，我們烤完魚剛好可以跟他們一起吃了。啊，還有谷雨小姐的料理，我很好奇她的手藝耶。」

柳透光熟練地用小樹枝和乾稻草架起火推。

等王松竹跟小青藤到來，大家就可以一起沐浴在花東純淨的空氣中，品嘗著美味的料理。

「谷雨」、「追逐夜星的白宣」和「松木上的小青藤」，這已經算是三組Youtuber的合作影片了。

「兩位準備得怎麼樣了呢？」一個熟悉的身影從農家小屋裡走了出來。

是谷雨小姐。

「我們要開始烤魚了。」白宣輕聲說道。

她抿起嘴唇，拿出火柴，火柴輕劃過火柴盒，火星瞬間飛出。僅憑著一根火柴，她便點燃了剛剛架好的火堆。

火焰燃起。

追逐夜星的白宣版——烤魚佐花東時令野菜湯，正式開始料理。

谷雨在一旁，饒富興致地看著他們。

這時，一臺從遠處騎來的電動腳踏車緩緩在埤塘旁的小路停下。

電動車上的兩人一前一後跳了下來，像是在找什麼似地環視著附近的環境。

過了一會兒，他們終於看見了谷雨的農家小屋，與門前正聚在一起的白宣、柳透光和谷雨三人。兩人牽著電動腳踏車，緩緩往小屋前進。

島嶼以東的花東縱谷平原，此刻已經日幕西垂。

越過早上閃耀著淡淡金黃色光芒的壯闊西瓜田，一座埤塘後方，Youtuber

谷雨的農家小院就在那裡。

此時屋前炊煙繚繞。

使用古早的烹飪方法，用樹枝、樹幹和乾稻草拼起來的火堆，已經把白宣與柳透光準備的大魚烤得外酥內軟，散發出強烈的香氣。

數種野菜也放進了燉鍋裡，搭配上谷雨小姐自己栽種的南瓜和來自臺東羅山的手工火山豆腐，再加一點鹽巴和胡椒調味，放在火堆上烹煮完成了。

烤魚佐花東時令野菜湯。

「看起來很好吃啊，柳透光。」小青藤站在上風處，好奇地望著正飄著冉冉白煙的火堆。

對她而言，這幅風景很是新奇。

小青藤的手靜靜地擱在胸前，鮑伯短髮隨著風微微飄逸。

她向遠方眺望，目光一路越過了平靜無波的埤塘和幾乎看不見盡頭的偌大西瓜田，再到前方的東華大橋。

山的輪廓成為視線中無處不在的背景。

意境悠遠的風景，讓小青藤心中湧出一股難以言喻的感觸。
她已經很久很久，沒有站在風景這麼遼闊的地方了。
幸好有跟著王松竹來這裡玩。
「我也想吃吃看！」相較之下，王松竹就非常直接。
他把手搭在柳透光的肩膀上，柳透光試著閃開。
「還不行吃啦，松竹，我們還要去看谷雨小姐的料理啊。咦？她呢？谷雨小姐人呢？」
「她剛才走進小屋了。」王松竹回應道。
「她進去的時候有說什麼嗎？」
「她說她也要去準備料理了。」
「是嗎？準備料理？那我們也趕快進去吧！」
柳透光一直很想看看谷雨小姐的手藝。
他很好奇，久居花東的谷雨會端出什麼料理。
就站在這塊土地之上，呼吸的空氣、生活的實感、人文的詠唱、對這塊土地的想像，這些都能透過親手烹飪的料理訴說出來。

谷雨會做出什麼樣的料理呢？

「白宣呢？」

柳透光猛然環顧四周。

不見了！

他頓時無語，同樣對谷雨小姐充滿興趣、甚至有點小小崇拜的白宣，居然已經不見蹤影了。

「收拾東西，我們要往廚房前進了！」

「要我們幫忙嗎？」

「需要。松竹、小青藤，幫我把烤魚跟野菜湯一起拿回廚房，走吧！」柳透光火速開始收拾烹飪現場。

斜陽西下，日照愈加薄弱。

山的另一邊，隱約妝點著夕陽的餘暉。

一行人迅速把煮好的料理拿進廚房。此時廚房裡還沒有開燈，稍顯有些灰暗。

柳透光端著烤魚，第一個走了進去。

除了埤塘遠處微弱的一絲暮色，還有在爐灶內的暗沉火焰，除此之外什麼都看不到。

一片黑暗的空間中，透光忍不住微微皺起眉頭。

就在這時，一道火焰熊熊燃起。

放在爐灶上的煎鍋，剎那竄出赤紅色的火焰，吸引了所有人的目光。

柳透光幾乎看傻眼了。

火焰燃起的瞬間，也映照出站在爐灶旁專心投入料理的谷雨。

谷雨深邃而專注的雙瞳，被映上了熾熱的色彩。

鍋子裡有蒜、薑、蔥結、野果和豆瓣，隨著谷雨手中的鍋鏟不停地翻攪，五顏六色的辛香料高高躍起。

鍋中的魚也跟著跳了起來。

「火焰煮魚」。

這四個字快速地在柳透光心裡閃過。

花東水土栽種的蔥、薑、蒜，從森林中摘採的酸甜野果，來自農夫手做的豆瓣，和屋後埤塘中撈起的魚。

這道料理的一切，都來自位於花蓮的農家小屋。

使用多種天然的辛香料，點起火焰，料理手法絢麗燦爛的火焰煮魚，把花蓮這塊土地的繽紛色彩真實地呈現在了鍋中。

濃郁的香氣在廚房裡爆開。

煎魚產生的滋滋油爆聲、隨著翻鍋而跳起的調味料與新鮮草魚、高高躥起的火焰，還有手法俐落帥氣的谷雨小姐，此時此刻這間廚房裡正在上演著色香味俱全的表演。

震撼得令人屏息。

「好了。」

華麗炫目的火焰稍縱即逝。

谷雨小姐輕轉手腕，動作俐落而優雅地將火焰魚擺放到盤子上。

她看起來十分滿意這道料理，笑得一如十里春風般溫柔得意。

她的雙眼自然地掠過白宣、柳透光與新到來的兩個客人。

是王松竹與小青藤。

王松竹也很常出現在追逐夜星的白宣頻道中，谷雨認得出來。小青藤的話，谷雨剛好聽過她的幾首歌。

谷雨輕輕仰頭看著屋外的天空。

「餓了嗎？今天晚上的月亮應該會很美，我們拿到外面吃吧？」

「好呀。」

——烤魚佐花東時令野菜湯。

——火焰煮魚。

雙方的料理都完成了。

雖然這次節目的主題是野外料理對決，但實際上雙方卻完全不在意勝負。

比起勝負，他們更在意的是對方究竟會端出什麼料理。

料理代表著人們對這塊土地的想像。

一行人分工協力，把碗筷、盤子、烤魚等食物紛紛端到農家小屋院子裡的木桌上。

谷雨的庭院裡有兩排從大門口一路向內延伸的籬笆，上面爬滿了具有初夏風情的凌霄。翠綠色的藤枝和葉子在籬笆上蔓延伸展，一朵朵盛開的橘黃色鐘狀花朵隨風自在地搖曳。那道籬笆上，柳透光還認出了一朵朵精緻的淡粉和鮮紅，那是看上去嬌柔討喜的藤本月季和顏色明亮的旱金蓮。

傍晚清風徐徐吹來，讓農家小屋比起早晨更顯清靜。

籬笆道的盡頭擺放著一張木頭方桌。

五個人圍著桌子坐下。

色香味俱全的火焰煮魚，外酥內軟、火烤香氣鮮明的烤魚，還有結合了數種花朿野菜和火山豆腐煮製而成的野菜湯。

「我要先吃吃看谷雨姐做的火焰煮魚，剛剛看起來超厲害……」白宣率先夾起一塊火焰煮魚的魚肉。

白嫩的魚肉上沾滿了醬汁，看上去鮮嫩可口。白宣用筷子把魚肉慢慢地放入口中。她的表情從期待到震驚，再化為了綿綿不絕的滿足。

「這、這也太好吃了吧！」

小青藤也默默地夾了一塊。

「真的嗎？我也要吃！」說著，柳透光便動起筷子。

「我對烤魚比較有興趣，烤起來好香。」王松竹伸向另外一道魚料理。

「我喝喝看你們煮的野菜湯吧。」谷雨小姐輕笑著說。

五個人，五副碗筷。他們在傍晚的農家庭院中，歡樂無比地品嘗著野外料理。聚在一起聊著花束的旅遊、聊著東華大橋下的風景、聊著彼此對這塊土地的憧憬，也聊著作為Youtuber的日常。

谷雨很少可以跟人談得這麼快樂、這麼深入。

她一直以為做人文旅行、探索土地等偏知識類型主題的Youtuber很是稀少，能真正理解她在做什麼的人就更少了。

可是啊，現在圍在木桌邊的這幾個人，卻都是能懂她的人。

谷雨敞開了心扉，與他們一起閒聊著。

清風微冷，但熱鬧歡快的氣氛輕易地驅走了寒意。

時間稍晚，月亮緩緩升起。

谷雨端上了沖泡好的熱茶，來自今年她走進舞鶴梯田，迎著第一縷日出微光，就著清晨的露水，親手摘採製作的茶葉。

沖泡茶葉的水是來自木瓜溪上游清澈的溪水。

水質柔軟的溪水，讓茶葉的味道更加甘醇濃厚。

白宣坐在柳透光旁邊，隨著時間過去，白宣漸漸把頭靠在了柳透光的肩膀上，柳透光則伸出手輕輕地撫摸著她柔順的長髮。

王松竹喝著熱茶，偶爾配著幾口還沒吃完的烤魚。

他很喜歡烤魚。

谷雨小姐的火焰煮魚，無論在色、香、味、手藝和視覺的部分都比白宣跟柳透光的烤魚還要更加優秀。但是烤魚的味道更為簡單純粹，沾著鹽巴、散發出香草氣息的烤魚真的非常鮮美。

谷雨小姐與小青藤正聊得專心。

「谷雨姐姐，這次我跟王松竹一起來花蓮玩就是為了找尋靈感，想體驗平常在臺北完全接觸不到的人事物，所以能在這裡遇到妳真的太好了。」

「你們想待幾天都是可以的。」

「真的嗎？」

「當然是真的啊。」淡淡的笑容浮現在谷雨的臉蛋上，「我已經住在這裡三年了，但這塊土地的故事、這塊土地的記憶，我知道的都還太少了。」

谷雨凝視著不遠處的籬笆。

在夜晚顯得黯沉黝綠的藤蔓倒映在谷雨眼中。

她這副模樣，在在打動了小青藤。

「我決定了，我們要多住幾天！」

「咦？」王松竹聽到關鍵字，連忙插話，「不是說好兩天嗎？」

「王松竹，我想更接近這塊土地。谷雨姐姐，下次歡迎來現場聽我跟王松竹的演出啊，會有截然不同的感受喔。」

「好呀，要去的時候再跟妳說。」

聊天的氣氛非常熱絡，白宣看了眾人一眼，輕輕把嘴巴附在柳透光耳邊說道：「幸好我們有做這個企劃，對吧，透光兒。」

「對呀，幸好有做。」

「不然就不會有這麼快樂的時光了。」

「嗯嗯。」

柳透光深感認同。他微微側頭，雙眼稍稍往下，看見了一身白衣的白宣，與正貼著他的臉蛋。

兩人四目對視。

一抹櫻紅在白宣的臉蛋上悄悄浮現。柳透光想也沒想，輕輕俯身向前，持續了幾秒之後，又默默退了回來。

白宣的臉變得更紅了。

風變得更為清涼，月亮高懸，蒼白的月光照耀著谷雨的農家庭院。

小青藤無意間抬頭仰望，發現了頭頂此時正恣意鋪開的璀璨星空。這裡幾乎沒有光害，也沒有高樓建築，視野非常空曠乾淨。

五個人都抬起頭，仰望著夏季的星空。

從東北方的地平線一路向南方延伸的小星星光帶，像是河流一般，那條在繁星中流淌的河，有一個美麗而貼切的名字——銀河。

夏天的銀河極美，數不盡的繁星點綴其中，令人震撼。

「看，那是夏季大三角。」

「那個就是織女星囉？」

「對的，另外一邊，妳看……是牛郎星。」

「夏天的星空也可以找找看天蠍座喔。」谷雨小姐伸手指向半空。

所有人都被眼前的星空所震懾。

這幅光景，真希望能讓更多人看到。白宣在心裡想著。

此時，在無盡的夜色之中，一顆流星突然地墜入眾人眼裡。就像在純黑的畫布上，偶然投下的一點亮白。

「有流星！」

「許的願望，真的可以實現嗎？」

「也許有機會。」

「噓——許願，不要說話。」

五個人不再說話，仰頭凝視著那顆拖著長長尾巴的流星，紛紛許下了自己的願望。

夏天，位於花蓮的谷雨農家小屋。這顆一閃而過的流星，也為他們美好的回憶添加了一抹亮麗的色彩。

是期待願望能夠實現的、憧憬的色彩。

這個夏天是高二銜接高三的暑假，明年他們就要迎接學測了。這也是他們即將離開水昆高中，最後一個能無憂無慮盡情玩樂的假期。

明年的暑假，那時候大家都是准大學生了吧？

將來，會不會要面對更多不同的煩惱呢？

「希望之後我們還能像現在這樣聚在一起。」

在最美的夏天，對著突如其來墜入夏季星空的流星，柳透光真誠地許下願望。

CHAPTER 3

秋分

——我們該去哪裡尋找已經逝去、一去不復還的美好時間？又該去哪裡，讓我們夢回青春？

夜幕剛剛降臨，現在正是吃晚餐的時間。

柳透光一個人在大學附近的街上走著。

他不餓，但也不知道該做什麼。

放學後，他在教室裡待了會兒。晚上沒有其他事情，於是他走到附近的咖啡館喝了一杯咖啡，看了看之前拿到的劇本。

他拿起冰滴咖啡啜飲時，街道上還灑落著秋天傍晚的殘陽。

乍看之下，是時間緩緩流逝，再回首卻發現歲月已然匆匆流過。

就像剛上大學，明明才剛開學而已，九月、十月卻一轉而過，眼看馬上就要入秋了。直到現在，他還是沒有熟悉大學生活。

七點了啊。

當柳透光從劇本中抽離，才發現店外已經暗了。

一時不知道該做點什麼，他默默闔上了劇本。

而後，他站起身，收拾好桌上的劇本，拿起放在椅子上的毛衣，逕自走出咖啡館。

他走回了學校。

他就讀的學校位於河堤旁，是一間占地偌大、綠意盎然的藝術大學。

他走向校園一角，在夏天種滿杜鵑和繡球花、被鳳凰木圍繞的花園後方，有一間在春夏之際，堪稱鳥語花香的社團教室——獨立電影社。

當然現在只剩一片秋日蕭瑟的景象。

這個時間點，學校裡的人已經很少了。

只有幾個學生偶爾會在走廊上走動。獨立電影社所在的大學一隅，更是看不到學生的身影。

柳透光沿著矮矮的木柵欄前進，這裡到處都是落葉與土壤混合在一起的氣息。

很安靜。

花園把寧靜的教室與喧嘩的校園再次分隔。

他看了一眼社團教室，牆外貼著三張獨立電影的宣傳海報。有一張吸引了他的注意，在記下片名之後，他推開了獨立電影社的大門。

秋日微寒，秋風瑟瑟。

柳透光進入教室後，明顯感覺到氣溫上升了。

他脫下身上夜幕綠的開襟毛衣，把手上看完的劇本放回桌面。

一張偌大的淺色木桌擺放在窗邊，稿紙散落在桌上，素雅復古的鵝毛筆和墨水被擱置在一旁。

社團教室內擺滿了書櫃，裡面堆滿了藏書、雜誌和影片盒。數不盡的雜物堆放在地上。

柳透光不由得陷入迷茫。

難以想像，自己居然會再一次回到這個地方。他還記得，一年多前的他踏上了尋找白宣的旅途。其中，就有一次來到這裡找獨立電影社的社長幫忙。

當時他以為自己再也不會回到這裡了。

結果，時隔一年多，柳透光最終選定的志願，又讓他重回此地。

他擱下劇本，嘆了口氣，正要離開之時……

「柳透光？」

獨立電影社的小型試映間中，有人推開小門走了出來。

筆直的黑色長髮順著臉頰兩側滑落，直達腰間。頭頂上戴了一頂小巧的畫家帽，一身純白色的七分袖襯衫，紫羅蘭色的柔軟長裙讓她整個人的氣質更顯高雅。

吳疏影用手指掛起耳畔的髮絲，深邃的雙眸無聲地望著柳透光。

「劇本看完了？」

「看完了。」

「感覺怎麼樣？」

「還可以，但說實話，我沒有很喜歡這個劇本。」柳透光坐回沙發上，回望著身影斜靠在木桌邊，一身清雅氣息的吳疏影。

吳疏影輕輕地把右手撐在木桌邊緣。

「因為結局的地方處理得不夠細緻，沒有留下印象深刻的亮點嗎？」

「嗯，這是一點。」柳透光認真地說，「我更想看到，富有餘韻、令人怦然心動、可以再三回味的結尾。但這個劇本裡，我看不到。」

「同意。」吳疏影直率地笑了。

笑完，她表情淡然地繼續說道：「這一份劇本，是目前我們的社團成員裡交出來、水平比較高、完成度比較高的劇本了。當然我自己也覺得不夠好，給你看，你也覺得不行。」

「嗯，妳要劇本做什麼？」

面對柳透光的提問，吳疏影輕眨修長的睫毛，美麗的雙瞳充滿了迷人的吸引力。沒有片刻猶豫，她清晰地說道：「柳透光，我想在大學畢業前執導一部電影。」

空氣霎時凝結，整個獨立電影社的社團教室瞬間安靜了下來。

吳疏影清麗而堅決的雙眸，一點也不像是在開玩笑。她很認真地述說，也發自內心覺得自己能夠完成。

執導電影。

這四個字彷彿在柳透光心中點燃了什麼。

要是別人說出這種話，他可能只會一笑置之，然而現在跟他對話的人是吳疏影。

她是臺灣知名電影評論Youtuber，經營著國內為數不多專做獨立電影和非熱門院線片影評的Youtube頻道——四月評。

同時她也是浮萍藝術大學獨立電影社的社長。

以她的知識、能力，還有人脈，吳疏影想執導一部電影，確實不是戲言。

柳透光被她的氣勢震懾住了。

他真的非常敬佩吳疏影直率而有行動力的表達，這令他心生嚮往。

「所以，妳需要一個好劇本？」

「目前最主要的問題就是劇本。整個拍攝團隊我都找得到適合的人選，但劇本我還要再找找。」

「自己寫呢？」

吳疏影聽到這句話，先是一愣，再緩緩低下了頭。

無語凝噎。

她半坐半靠在窗邊的木桌，修長白皙的右腿靜靜地蹺到左腿上。長裙如紫色瀑布般傾洩，一如吳疏影向前探身時，滑落肩膀的黑色秀髮。清新優雅的氣質，掩蓋不住她此刻的無力。

她把雙手平放在大腿上，肩頭一鬆，無奈地說道：「雖然我很喜歡看電影，但我不是一個能寫出好故事的人。」

「喔！」柳透光稍感詫異，原來是如此啊。

吳疏影用雙手托住臉蛋，感嘆道：「我有自知之明，所以也不會用我寫的劇本去拍。我不是沒試過，但就算是我用盡心力寫出來的劇本，可能都比你剛剛看到的故事還差。」

「沒關係呀，這很常見的。」

「呵呵。」吳疏影盯了柳透光一會兒，不禁露出從容的笑容，「小透光，你好像不太會安慰別人耶，多練習啊。」

「……」

「哈哈，開玩笑的。」

吳疏影的長腿往前輕輕一躍，離開了木桌。她注視著桌上的劇本，微微側身，把頭轉向窗外。

「柳透光，是說，你到底有沒有想要加入獨立電影社啊？」

「目前還沒有決定。」

「呵，這句話我從你開學第一天聽到現在了。都秋天了，你還是這句話吶。」

「讓我再想想吧。先走啦，拜拜。」柳透光輕描淡寫地回應。在這短短幾個月，他已經學會了如何客氣地敷衍了事。

他從沙發上站了起來，順手從桌上散落的稿紙中，又挖出了另一份劇本。

「對了，吳疏影，這個劇本可以借我帶回家看嗎？」

「拿去吧。」

「謝了。」

門再次被打開，秋天夜裡的寒風撲上柳透光的臉頰。柳透光套著夜幕綠毛衣，迎著夜色走出獨立電影社教室。

「唉。」

吳疏影纖細的雙手抱在胸前，看著柳透光離去的身影，暗自嘆了口氣。

立志在大學畢業前執導一部電影的她，在短嘆後重振精神。她沖煮了一杯熱咖啡，推開試映間的小門再次走了進去。

柳透光從浮萍藝術大學離開。

為什麼沒有加入吳疏影的獨立電影社？

即使他在開學的社團博覽會與之後幾週都很常跑到那間位於大學角落、在花圃後方、充滿鳥語花香的社團教室。

但他還是覺得，他不屬於那裡。

剛走出學校，往捷運站走去時，在路上百般無聊的他拿出手機輕滑。

晚秋，很多路樹的葉子都已經凋零，路上也幾乎看不到什麼花朵。

一分寂寥在心中蔓延。

柳透光正猶豫著要不要打給王松竹，約他週末出來聚一聚。但仔細一想，如今松竹所在的大學已經遠在臺灣中部了。

兩小時的火車或將近一個小時的高鐵。說遠不遠，但也不是像以前那般，一句話就能隨便約出來吃飯的距離。小青藤本來就在中部讀書，松竹之所以選擇去臺中，應該也是考量到組合以後的演出跟練習吧。

「松木上的小青藤」頻道依然火紅。

智慧型手機摸起來卻很冰冷。

秋夜，在行人漸少的街道上，五顏六色的螢幕倒映在柳透光眼裡，讓他孤單的身影更顯寂寞。

柳透光滑著手機，看見王松竹跟小青藤的ＩＧ上發布了他們晚上在團練室裡團練、盡情投入音樂的照片。

柳透光按了一下愛心，隨後把手機放回口袋裡。

他走進捷運站，坐上捷運回家了。

柳透光的家沒有變，還是在水昆高中附近，只是上學的地方變遠了，要坐捷運才能抵達。

在浮萍藝術大學的第一個月和第二個月，時光匆匆而過。彷彿在柳透光還沒有意會到的時候，秋天便已悄悄來臨。

該去哪裡？

該做什麼？

柳透光常常在上課時，無聊地用手托著臉頰思考著。乍看之下彷彿若有所思，事實上他的內心卻近乎空白。

這一兩個月，他能明顯察覺到的，是與高中截然不同的大學生活。

還有人與人之間的交際。

在同班同學中，多的是只知道名字卻一點交集都沒有的人，也多的是一星期只來幾堂課的人。

再也沒有高中時期大家打成一片、真心互動的感覺。

除了固定往來的朋友，人人都只是過客。

有禮貌地敷衍了事，對所有人一視同仁的溫柔，實則只是不想承擔任何責任。心有主見，一方面說著不好意思，一方面卻想方設法抽身。

柳透光看著、感受著。

上課的氛圍也變了。

變得成熟，又或許變得壓抑了。

曾經有那麼一句話：高中時代只是變成大人前的漫長休息，最大的煩惱就是考試與學校裡遇到的困擾。

大學的生活，卻彷彿已經充滿了未來進入社會的未知。

每一個同學的笑容都變少了。臉上不再洋溢著天真的歡笑，也愈來愈少展現真實的自己。

青春總有落幕的一天。

回到房間，終於沒有那麼冷了。

柳透光洗了個熱水澡，換上了一身輕便的睡衣。

時間還早，他還睡不著。

心裡一直不斷湧現按捺不住的空虛感，一點一滴影響著他。

他一個人坐在房間的書桌前，筆記型電腦的螢幕微微亮著。他打開了Youtube頻道的後臺，像以前一樣觀看著留言數據。

一臺平板電腦直直地立在他的書桌邊。

下次出外旅行拍片，最快也要兩週後吧。

手裡拿著熱綠茶，柳透光輕輕啜飲著，這讓他稍稍清醒了些。看完最新的留言，柳透光挑了幾則回覆後，便關上了網頁。

他開始觀賞美劇。

秋分，臺北，位於郊區的一棟透天厝。

一樓的客廳非常寬敞，中央擺放著一整組沙發與懶骨頭椅。

一扇巨大的落地窗正透著屋外的秋日陽光。

四面的牆壁有許多木櫃，裡面擺放著從各地帶回來的紀念品。來自三義的木雕、來自新竹新埔的紙雕，還有東海岸的貝殼。

因為放假而閒在家中的白唯，正在米色亞麻地毯上滾動著。柔順的栗色長髮壓在身下，她卻絲毫不在意。亞麻毯上有個懶骨頭沙發，她時不時正面趴在上面。個子不高的她，正好可以整個人抱住懶骨頭。

閒閒沒事。

她就是單純地覺得開心。

升上大學後，白唯的生活沒有什麼改變。硬要說有改變的話，就是她終於回到臺北，脫離住宿的生活了。

回到臺北，她過得更加自由。

上課的日子她專心聽課，並在大學裡找了好幾門自己喜歡的選修課，跟著別人一起搶課，最近還跟幾個其他科系的人變成了朋友。

比起無從探究、看起來模糊一片的未來，白唯更想享受當下的人生。

她仍繼續玩著攝影。跟著張新御到處拍攝，開始融入攝影師的圈子。

張新御常常來到臺北，他們會在下課後一起外出溜達，或是去臺北周圍的景點攝影。

其實很少人能理解他們。費盡千辛萬苦，等待數十個小時，只為了拍下燦爛千陽從東方升起的瞬間。

能一起體驗生活的人很少，能懂彼此愛好的人就更少了。

「我把我的青春給你～」白唯哼著歌。

她隨手翻動著放在亞麻毯上的攝影雜誌，額前的髮絲自然地垂落地面。

她的注意力也沒有完全集中在攝影雜誌上。至少有一半，受到落地窗外溫和的秋日陽光、蔚藍無比的天空，還有院外偶爾傳來的孩童歡笑所吸引。也有一小部分，正想著要怎麼才能剪掉張新御那一縷幾乎遮住眼睛的過長瀏海。

每次叫他去剪，他都說好，但一次也沒有完成約定。

「可惡。」想到這裡，白唯微微皺眉，哼了一聲。

像一隻咬牙的小狐狸。

要是考慮到她正穿著亮橘色的套頭毛衣，那就更像了。

煩躁感只在白唯心中存在幾秒，一點也無法影響她此刻的美好情緒，她輕聲哼著歌，一邊滾下了懶骨頭沙發。

她高舉著攝影雜誌，暫時遮擋住從窗外射入室內的光芒。

一座從遠方拍攝的大橋吸引了她。

那是在豔陽普照下的花東縱谷，西瓜田閃耀著金黃色的點點微光，越過了連綿的西瓜田，便是清澈的木瓜溪水與橫亙其上的東華大橋。

海岸山脈成為了絕佳的背景，朦朧的山稜線十分能勾起人的想像。

攝影將這幅風景變成了一段故事。

「咦？這裡是……好像有點眼熟耶。」

白唯狐疑地把攝影雜誌拉到眼前。她仔細望著西瓜田，發現在西瓜田的盡頭似乎有一間小屋。

小屋？

蓋在農田旁的小屋？

疑惑瞬間變成了篤信。

她靈活地翻起身，在地毯上坐直。一頭散亂的栗色長髮妨礙了她的動作，她帥氣地將之甩向背後。

白唯左手按著攝影雜誌，右手拿出手機點開 Youtube。

進入「追逐夜星的白宣」頻道。

上一次更新在兩週前，姐姐跟柳透光最近比較少拍片了。

她依靠著自己的印象，往回翻了翻去年夏天高二升高三的暑假時期的作品。果不其然，她找到了想找的影片。

封面照片顯然就是剛剛在攝影雜誌上的西瓜田與東華大橋。

標題：在夏天墜入星海的夜星 Feat. 谷雨小姐

「影片觀看量這麼高！谷雨……喔，是那個很會烹飪，很懂得如何在大自然裡尋找食材，看起來手做能力很強的 Youtuber！」

白唯恍然大悟，原來姐姐跟柳透光去過那裡啊。

她會心一笑，把手機放到了亞麻毯上。

白唯再一次躍上了懶骨頭沙發，這一次她背靠著沙發，仰望天花板與窗外的蔚藍天空，朵朵白雲正在緩慢地移動著。她右手拎著的攝影雜誌慢慢滑落到地毯上。

啊，好悠哉呀。

一股好想好想一直賴在這裡、一直抱著懶骨頭沙發耍廢的想法油然而生。白唯放空了思緒，徹底放鬆下來。

窗外傳來細碎的環境聲音。

柔和的風聲、車子行駛過的引擎聲、院子裡風吹過草叢與花朵的窸窣、風鈴清脆的叮噹聲和屋外孩童的歡笑聲。

秋日午後的徐陽與微風，正好將客廳調成了最舒適的溫度。

白唯徜徉其中。

幸福而愜意的笑容寫滿了她的臉蛋，白唯抱著懶骨頭沙發繼續耍廢了一段時間。直到手機傳來震動的聲響。

她用手揉揉眼睛，單手拿起手機。

「喂？」她說。

「白唯，妳有空嗎？」

「這個聲音……咦？姐姐？姐姐妳回來了啊，妳現在在哪裡？」

「我下星期才會回去。」

「耶？妳不是說只要在日本和中國東北玩一趟，接著就要回來了嗎？」

「是呀，但我想去看看中國跟北韓交界的那條河。」手機那頭，或許是因為當地氣候寒冷，白宣的聲音聽起來有些顫抖。

白唯仔細聽著。

「白唯，聽說只要游過那條河就是北韓了喔，平常站在河邊，居民都能直接看到北韓呢。」

「是喔，叫什麼名字？」

「丹東的鴨綠江，我明天就會往那邊前進了。」

「好的，我會跟爸爸媽媽說。」白唯爽朗地說道。

轉念一想，不對啊，姐姐如果只是要傳達自己要去哪裡，或是旅行的規劃，在家庭群組裡留言就好了啊。

會特地在午後打給自己，實在太可疑了。

狡猾的狐狸心裡覺得奇怪，換上了調皮的語氣說道：「姐姐啊，妳是不是有什麼事想拜託我？」

「耶？哈哈，不愧是我的妹妹，好吧，我真的有一件事要拜託妳。」

「說吧。」

「妳最近有看到透光兒嗎？」

「嗯……我想一下。」白唯伸出食指抵住下顎，回想片刻，「沒有，這兩個星期都沒有看到他。」

「那妳去找他一下，帶他隨便去哪裡逛逛，好嗎？」

「哎呀。」白唯微微加重了語氣，「我不想做姐姐妳自己該做的事。」

「妳不是做我該做的事，而是做身為透光兒的朋友——白唯，該做的事。」

白宣的語氣柔軟，字字句句都傳達出對柳透光的擔心。

白宣的聲音依舊空靈，明明音色纖細，聽起來卻毫不刺耳。

白唯愣了一下，她確認似地提問：「身為透光兒的朋友，這時候該去做的事？」

「對。」

「那行。」白唯嘿嘿笑了幾聲，直爽地答應了。

「那拜託妳囉，下週我就回來了。」

「記得帶伴手禮回來給我啊！」

接到姐姐隔海派出的任務，一下午都沒事做的白唯正精神抖擻。她坐在懶骨頭沙發上若有所思。

大概兩週沒有看到柳透光了。

這麼說來，上一次看到柳透光應該是他們一起去看電影的時候，那時柳透光看起來有點無精打采。

「還想說他是不是熬夜或失眠了呢……」

一年多過去了，當初那個動輒憂鬱、常常一個人望向遠方、不知道在煩惱什麼、也不知道在憂愁什麼的少年，升上大學後，在姐姐不在的這段時間，又陷入迷茫了嗎？

還是只是暫時徬徨而已？

對此感到好奇的白唯，從沙發上一躍而起。

她望了一眼時鐘，時間還很早，大概才下午四點，晚上就來約約柳透光吧。

不，還是直接去他家找他呢？

今天是假日，他應該待在家裡。

白唯是一決定就會立刻行動的人，於是她拿起髮圈，將一頭飄逸的栗色長髮綁成一束馬尾。

毛衣跟鋪毛的米色長褲，這樣應該足夠保暖了。

她帶上手機，飛快地出門了。

「王松竹。」

「嗯？」

「今天的空氣好好啊。」

「真的嗎？那妳好好休息。」

「不要。」小青藤想也沒想地搖搖頭。

她是有點疲累，但待在王松竹身邊，她不想那麼早休息。

臺中某處的郊區公園，人煙稀少，環境清幽。

公園裡種了許多樹。放眼望去，林蔭之下有幾條樹木夾道的小路供人散步。秋日染黃了一部分的樹葉，秋風又將它們吹落在小路兩旁的木色横椅上。

王松竹帶了一本書跟筆記本，與小青藤一起在假日午後來到這座公園。

上了一星期的課，昨天晚上放學後還在團練室裡練習。

好不容易放假了，今天沒什麼安排，他們只想悠哉地度過午後的兩人世界。

他們牽著手，在秋日溫和陽光的照耀下，在林蔭茂密的公園裡散步。

「那裡有松鼠耶。」

「我看到了。」

園內不時傳來鳥鳴和芬多精的氣息，偶爾還能看到松鼠在樹幹間來回奔跑。

王松竹穿著黑色長版風衣外套，材質偏硬，開襟兩側的筆直線條一路向下，與內裡的白襯衫形成對比。下半身搭配深色單寧牛仔褲，讓他本就高大的身材在視覺上顯得更加挺拔。

小青藤站在他身邊明顯地矮了一截。

她的穿著更像是一名學生，在天真中帶著點青澀的味道。

依然是清秀俐落的鮑伯短髮，穿著封領的白色長袖襯衫，在襯衫外披了一件底色淺綠、金黃色針織滾邊的Oversize連帽外套。下半身是一件深灰色的百褶裙，和為了保暖而穿上的黑色長襪，腳上踩著一般上課時穿的深色厚跟皮鞋。

他們兩人牽著手在公園的小路閒逛。

小青藤聽著若有似無的鳥鳴聲，突然問道：「王松竹，昨天我們不是針對下一場演唱會排練了嗎？感覺怎麼樣？」

「昨天啊。嗯，我覺得妳唱得很好，有發揮出妳正常的水平。」

「我不想聽這個。」

「嗯？」

「我想聽建議。」小青藤抓住了王松竹的手。

王松竹輕輕地笑了，他聳了聳肩膀。

「要說什麼建議的話，副歌的地方，準備要唱出高音時，妳可以把高音帶得更遠、更有延伸感。」

「延伸感？有點抽象耶。」小青藤非常在意。

「讓妳的高音延伸，這樣說好了——」王松竹帶著小青藤走向一旁的橫椅，示意她一起坐下，並溫和耐心地說道，「透光不是常說嗎？妳的聲音就像降臨在荒野之上的細雨，能治癒人心。想辦法讓那場雨下得更久一點，讓雨滴滴答答滴答的聲音延續下去，更富有層次一點。這就是我給妳的建議了。」

「我想一想。」小青藤陷入深思。

王松竹也不再解釋。

有時候，突破新境界的最後關頭，必須要自己領悟出來，這樣才有意義。要是永遠都依靠別人，對任何創作者而言都不是好事。

他從大衣的內側口袋拿出筆記本，開始構思著寫到一半的編曲。

這首曲子，還缺一個柔軟的片段。

王松竹把拿著筆的手擱在筆記本上。他寬大的肩膀，忽然感受到了一點重量。

小青藤把頭靜靜地向左一靠，靠在了王松竹的手臂上。這副模樣，既像是撒嬌，又像是單純地想依偎著他。

王松竹將頭微微向右傾斜，輕輕觸碰了一下小青藤。

兩人一句話也沒有說，但心裡都甜甜地笑著。

過了一會兒，睡意湧上了小青藤的雙眸，她忍不住揉了揉眼睛。

「王松竹。」

「嗯？」

「今天的空氣好好啊。」

「妳剛剛好像說過類似的話了。」

「嘿，那你借我躺一下。」

「什麼？」

王松竹恍然一愣，只見小青藤先是往橫椅側邊移動，隨後便在橫椅上躺了下來。

她伸手整理裙襬，最後枕在了王松竹的大腿上。

就這樣，小青藤帶了點任性、帶了點調皮的臉孔，突然映在王松竹眼裡。
這是王松竹第一次以垂直的角度看著她的雙眸。
她清澈而明亮的眼瞳散發出純真的光彩，點著唇蜜的輕薄嘴唇微微翹起一點弧度，尖挺的鼻子和細緻的臉蛋，讓她整個人看上去十分可愛。
王松竹被深深地吸引了。
這也是小青藤第一次躺在王松竹的大腿上，以垂直的角度，由下往上看著王松竹。他一直是一個很可靠、很堅強的男生，不管自己發生什麼事，只要去尋找他，他都會傾力幫忙。
待在他身邊，好有安全感，而且還可以任性地撒嬌。
小青藤凝視著王松竹那雙溫柔的眼睛。明明在練團的時候，在編曲的時候，都銳利無比的眼瞳，現在卻如此溫柔。
帥氣的五官，柔軟輕盈的棕色短髮，還有他寬厚的肩膀……小青藤一點也不想離開現在的位置。
兩人直直地對視著。

彷彿公園徹底變成了只屬於兩個人的世界，彼此的眼中只存在著彼此。

「睡吧，小青藤。」王松竹沒有握住筆的那隻手輕輕撫摸著小青藤的頭頂。

「好。」小青藤本想反抗，卻在溫柔的撫摸下轉瞬放棄。

她聽話地閉上雙眼，想看看眼前的這個男生會不會做點什麼。

秋日的午睡真的很舒服。

林蔭之下，時間緩緩流過。

王松竹什麼都沒做，只是在苦思編曲時，偶爾會用手輕撫小青藤的秀髮或捏捏她的臉頰。

就像是在找尋靈感。

小青藤只裝睡了片刻，但因為太過放鬆、太過安逸，一不小心就在王松竹的大腿上睡著了。

在王松竹身邊，小青藤難得可以放下全部的防備。

她滿足地睡了一個安穩的午覺。

王松竹凝視著熟睡的小青藤，她清秀的臉蛋上寫滿了疲倦。

那是日積月累的倦怠。

唉。

他無聲地嘆氣，深怕吵醒好不容易熟睡的嬌小身影。

自己之所以叫小青藤好好休息，並不是隨口說說的。昨天團練之後，王松竹就已經發現小青藤太過於緊繃了。

儘管她以完美的表現完成團練，請來的伴奏團隊也都說她唱得很好。

但那其實是透支啊。

王松竹明白自己的角色不只是在「松木上的小青藤」Youtube 頻道上，一同努力的伙伴，也同時是小青藤最親近、最信任的男朋友。

適當時候，還是得強迫她休息。

他還記得一年多前的某場線下演唱會。

在某個小型 Live 場館裡，當天演唱完的小青藤，穿著一身高雅的禮服正走下臺階，準備要去跟柳透光打個招呼時，卻差一點在舞臺上摔倒。

她的身體根本承受不了那麼高強度的演唱表演。

王松竹的手愛憐地輕撫著小青藤的頭。

他突然想起了在水昆高中最好的朋友，當然，直到現在也依然是最好的朋友。

高三畢業，自己選擇南下臺中讀書。而透光還是留在臺北，他考上了吳疏影所在的那所藝術大學。

好久沒看到他了。

「追逐夜星的白宣」現在訂閱數已經超過百萬。

他們應該很忙吧？高三畢業後，白宣去哪裡讀書了？王松竹一愣，發現自己好像從未跟透光認真討論過白宣的去向。

對了，白宣去哪了？一樣在臺北讀書嗎？

「下次要記得問吶。」王松竹低聲呢喃。

等下星期，找一天北上去找透光吃個飯吧。好久沒聚，也不知道他在浮萍藝術大學過得怎麼樣了。

雖然說有吳疏影在那裡，但還是去看看吧。

想再去一次那座公園看看。

鳥鳴聲偶爾傳來，王松竹投入地譜寫著手上的曲子。

那股清冷如雨的美麗歌聲，在他寫曲時不斷繚繞在他的心中。

下午，夕陽落下前，白唯來到了柳透光的家門前。

白唯按了按門鈴，沒有人回應。

等待片刻後，她先是拿出手機傳了訊息給柳透光，最後又撥了一通電話。

「難道不在家嗎？」白唯微微歪著頭。

其實在剛來的路上，隨著太陽西沉，她開始覺得有點冷了。要是再進不去柳透光的家，那恐怕不太妙。

早知道出門就多拿一件大衣了。

姐姐的電話讓她感到擔憂。柳透光那傢伙雖然笨了點、憂鬱了點，甚至太喜歡姐姐了一點，但他是個好人。

她再次按了按門鈴，還是沒有人回應。

抱持著再等幾分鐘就離開的心態，白唯雙手抱胸，順勢轉身靠在門上，雙眼順著前方一路望向門前的小路。

結果她看到了柳透光。

正要走回家的柳透光也同樣看到了她。

此時此刻的柳透光，在白唯眼裡看起來一臉悠哉平和，像是個正在放長假、生活清閒的人。

略微凌亂的蓬鬆頭髮，太久沒曬太陽、沒運動而偏白的不健康膚色，還有那雙充滿慵懶之意的眼睛。

柳透光發現白唯後，先是一愣，隨後繼續走到自家門前。

「白唯？」

「不，我是白宣。」

「白唯。」

「好吧，是，是我。」白唯無語地撇撇嘴。

眼前這個男生，是除了父母以外從來沒有誤認白家雙胞胎姐妹的人。他能清楚地分辨白宣與白唯。

明明長得一模一樣，他到底是怎麼分辨的呢？

白唯嘆口氣，問道：「你去哪了？等你好久了。」

「喔，我去買晚餐啊。」柳透光後知後覺地笑了，並提了提手上的袋子。

一袋鹹酥雞、一袋炒麵和一杯冰綠茶。

柳透光拿出鑰匙打開門，邊進屋邊問道：「白唯，妳來我家做什麼呀？有事找我嗎？」

「是啊。」

「工作的事一律不接受喔，我不想工作。」柳透光的聲音聽起來氣定神閒，就像在說著理所當然的事。

這可是頻道訂閱數破百萬的 Youtuber 啊。

「追逐夜星的白宣」頻道和「春墨」頻道。

這傢伙明明同時經營兩個 Youtube 頻道，假日為什麼可以這麼閒呢？而且還閒得理所當然？

白唯在內心狂翻白眼。

但她還是跟著柳透光走進屋內，在玄關處脫掉鞋子。她一路沿著走廊走進客廳，這個地方她曾經來過。

「柳透光，你姐姐不在啊？」

「她在工作室。秋天了，她在趕秋裝。」

「喔喔！」

「妳先去客廳坐吧，我去房間拿個東西。」

「好。」白唯聽話地在客廳的沙發上坐下。

柳透光家裡的沙發躺起來很舒服，她任憑自己深深陷進柔軟的沙發裡。閉上雙眼，感受著空氣中到處都是的淡淡青檸香氣。

仔細一看，她發現角落裡有一臺微微震動、正噴灑出霧化水分子的擴香儀。米白色外表的小巧擴香儀正透著暖色光芒。

「青檸啊……」

聞起來像極了姐姐身上的味道。

白唯彷彿讀懂了什麼，但她只是輕輕嘆口氣，沒有再多說。

柳透光再次出現時，手上端著裝盤的炒麵，跟鹹酥雞一起放在桌上。他在白唯身邊坐下，喝了一口綠茶。

柳透光像是忽然意識到白唯在這裡，平淡地問道：「要喝茶嗎？」

「熱的綠茶，謝謝。」

「茶葉在廚房裡。」

「……」

白唯一度想要捶柳透光一拳，但想想還是作罷，只是露出狐狸般邪惡的眼神瞪了柳透光一眼。

柳透光先是擺出不明所以的表情，然後哈哈大笑起來。

他看著白唯大步走向廚房的憤然背影。

「不用麻煩你了，我自己會！」

等到白唯回來時，她的手上正端著一杯飄著熱煙的綠茶。

「妳吃了嗎？」

「還沒，但是我不太餓。」

「沒事，吃吃鹹酥雞吧，這家很好吃。」柳透光閒話家常地聊著，一邊吃著手中的炒麵。

窗外夕陽西沉，夜色降臨。

秋天的夜裡很冷，白唯把沙發上的抱枕抱到自己胸前。

為了看看柳透光的近況，在姐姐交代任務後略感擔心的白唯，來到柳透光家裡已經過了快一個小時了。

白唯把手擱在大腿上，另一手拿著茶杯。

到現在，她還是無法判斷柳透光到底過得如何。

近距離相處，柳透光看起來好像很正常，一身悠哉輕鬆，就像是普通閒閒沒事的大學生。雖說眼睛下方有一點黑眼圈，大概是又睡到中午才起床，身上還散發出一股淡淡的慵懶與倦意。

白唯不著痕跡地偷看了幾眼，真的找不出柳透光有什麼問題。

這也未免太正常了？

他可是柳透光啊。

白唯繼續觀察著。

柳透光吃完炒麵，把炒麵的盤子拿回廚房，又吃了幾塊鹹酥雞，見白唯動也不動這份炸物，歪歪頭問道：「妳在減肥喔？」

「柳透光，你是我姐姐不在，所以故意講話氣我也覺得無所謂嗎？」

「咦？問妳是不是在減肥也算氣妳嗎？」

「難道我很胖嗎？」

柳透光喝了口綠茶，認真地端詳著她的身材。

白唯一愣，臉蛋慢慢紅了起來。

再也忍耐不下去了，她把胸前的抱枕往柳透光丟過去。

「你、你居然還認真看！」

「哈哈哈哈……」

「柳透光，我真的受夠你了，等我姐姐回來，我一定要跟她告狀！不，我現在就要扁你！」白唯雙手扠腰，作勢要衝向柳透光身邊捶他。

柳透光連忙安撫她，但偶爾還是會低笑出聲。

每當他一笑，就會惹來白唯的怒瞪。白唯走到柳透光身邊伸手拿回抱枕時，還用手刀打了他一下。

「愈來愈不會說話，可惡。」

「哈哈哈，抱歉抱歉，開玩笑而已。」柳透光爽朗地笑道。

他真的很開心。

白唯在坐回沙發後，仔細盯著柳透光的笑容。

那不是假的，是真實的心情。

雖然說是自己被戲弄了，唯獨這點讓白唯有點不開心。

看來，當年那個有點憂鬱、常常一個人望著遠方追尋白宣、會焦急地尋找姐姐的小男生長大了啊。

跟姐姐一樣。

在經歷了高二那一場迷途的旅程之後，很多人都長大了。

白唯坐在沙發上，雙腿屈在胸前。她邊想著，雙手邊無意識地順著大腿的曲線一路滑到腳踝。

秋風正涼。柳透光穿著灰色的居家服，站起身把窗戶關上了。

這時，柳透光輕飄飄地問道：「吶，白唯。」

「嗯？」

「白宣兒叫妳來的？」

「對……啊，我不該說的。」白唯無奈地用手指輕敲眉間，「唉，這件事我真的不該說的，但被你套出來了。」

「沒事啊，我不會告訴妳姐姐的。」

「她有點擔心你。」白唯眼見再也瞞不住，乾脆打開天窗說亮話。

個性坦率直接的白唯，最不擅長隱瞞了。

柳透光不置可否地點點頭，慢條斯理地坐回沙發上。他把頭靠向椅背，一臉平靜，或許該說是平淡間感到暖心似地面露淺淺的微笑。

「所以她什麼時候回來啊？」

「下週。」

「是又有想去的地方，臨時添加了行程對吧？」

「對，她想去一個看得到北韓的地方。」白唯在心中思索著那個位於中國邊界的地名，卻怎麼也想不起來。

「喔，很像白宣兒會做的事。」

柳透光也沒有抱怨。

即使出國旅行了，人在千里之外的白宣，依然心繫著柳透光。

白唯抱著抱枕，對於姐姐和柳透光的相處方式，她其實一直不太懂。

現在也不想懂了。

她只是好奇地捧著熱茶問道：「柳透光，那你最近在幹嘛？」

「做我想做的事啊。」

「廢話嗎？誰活著不是在做自己想做的事？」白唯理直氣壯地反問。

「很多人活著，都沒辦法做自己想做的事。」

「真的嗎……很多人都沒辦法做自己想做的事……」

截然不同的觀念正面碰撞。

價值觀受到短暫衝擊的白唯，腦袋一片空白。

「妳很幸運呢，白唯。」

其實，白唯也有意識到，很多人都在做自己不想做的事。但是，天生幸運、個性使然的她，第一時間仍然是以自己的生活經驗來思考事情。

這也代表著白唯真的在做自己想做的事。

何其幸運，又何其幸福。

柳透光饒富興趣地望著走神的白唯，他的眼裡閃過一絲羨慕。

「話說回來，白唯。」

「嗯。」

「我最近都在看美劇跟日劇。超可怕的，昨天早上我打開一部日劇的第一集，等我再看時間就已經晚上了。」

「你完全沉迷在裡面了是吧？難怪頻道都沒有更新了。」白唯想到這裡，內心感到一陣無力。

原來是在看劇啊。

暫時與人失去聯繫，宛若隔絕於所有人際關係之外有很多原因。

看劇確實是一個。

白唯想到今天下午在家裡擔心的自己，還有遠在千里之外叮囑自己的姐姐，她頓時一陣無語，把頭深深埋進抱枕裡。

真的太蠢了。

柳透光放下手邊的綠茶，走到客廳的電視前。

「白唯，妳想看嗎？」

「看什麼？」

「我最近準備要追的一部美劇。劇本滿厲害的，我在研究劇本時，發現它的劇本很經典。」

「你還在研究劇本啊？」

「對啊，我很常去吳疏影的獨立電影社。」

「吳疏影？是四月評頻道那個很有氣質的女孩對吧？」

「對，是她。」

柳透光打開電視，進入收看美劇的網路頻道裡。

白唯所在的長條形沙發，正好面對電視牆。他帶著一臺平板電腦走到白唯身邊的位置。

白唯把腳收了起來，變成盤腿的坐姿。

那顆抱枕仍抱在胸前，她把下巴抵在抱枕上。

「時間差不多了，一起來看吧，白唯。」柳透光把平板電腦直立地放在旁邊的扶手上，溫和地詢問白唯。

白唯想了想，骨碌碌的雙眼轉向夜色灰暗的窗外。

現在走出去一定會冷死。

雖然晚一點走好像也沒有比較好，但先看個美劇，瞭解一下是什麼讓柳透光如此沉迷也挺好的。

說做就做，白唯很少瞻前顧後，眼前的安逸戰勝了一切。

她邊點頭說好，邊啜飲著手上的熱綠茶。

柳透光此時就坐在白唯旁邊，他的身旁是那臺平板電腦。

電視螢幕的光影流轉。

在美劇影片即將開始之前，白唯好奇地伸手指向平板問道：「柳透光啊，你幹嘛放一臺平板在這裡？」

「因為……」

在他解釋前，平板電腦的螢幕亮了起來。是一通通訊軟體的電話。

「來了！」柳透光的臉龐漾起前所未有的溫柔笑意，宛如一個看到公主的小精靈。

他一掃先前的慵懶，伸手輕按了接通鍵。

同樣位於室內的女孩出現在螢幕上。

女孩似乎坐在沙發前，單手撩起自己栗子色的長髮，將其輕輕撫順。動作優雅，卻隱約撩人。她細緻而白嫩的臉蛋上，似乎因為過於寒冷，鼻頭與耳尖都透著淡淡的櫻紅色。

纖長的睫毛隨著雙眸輕眨而上下擺動，她的眼神直勾勾地注視而來，根本沒有人能抗拒這讓人屏息的美麗。

平板電腦彼方的女孩期待地問道：「透光兒，今天要看什麼？」

「今天來看反烏托邦的美劇，好嗎？白宣兒。」

柳透光的聲音很輕柔，他說完後，電視便傳來影劇開始的聲音。這是一部在美劇頻道上爆紅的反烏托邦神劇，現在已經開始播出了。

平板電腦正對著電視，就放在柳透光身旁。

白唯簡直看傻眼了。

她呆滯了幾秒之後，赫然發現身邊的柳透光跟平板螢幕裡的姐姐，都沒有注意到她的錯愕情緒。

這、這什麼狀況？是可忍，孰不可忍！

「姐——姐——」

「咦？我剛剛是不是聽到白唯的聲音了？」

「柳——透——光——」

「別、別生氣，我跟白宣兒只是剛剛好約在這時候看美劇而已。」柳透光做好防禦姿勢，「妳、妳也一起來看啊。」

「白唯真的在啊？一起來看啊。」白宣略顯慌張地說道。

白唯從沙發上一躍而起，居高臨下地俯瞰著白宣與柳透光。

「把我叫來這裡就算了。」

「……」

「讓我以為柳透光又在憂鬱，結果看起來卻過得很滋潤。估計因為天天看劇不運動不剪片不拍片，還吃胖了。可是這也就算了。」

「……」

「一個在國外，一個在家裡，這樣你們也可以在我面前放閃，而且超級閃！用平板開視訊放在旁邊，就好像陪伴在彼此身邊是吧！」

「沒事、沒事，白宣兒在也好啊，妳可以跟姐姐聊聊天，哈哈。」柳透光連忙站起來安撫慍怒狀態中的狐狸。

他不斷用手輕拍白唯的肩膀，說著抱歉。

「姐姐，等妳回來再跟妳算這筆帳。」

安撫片刻後，白唯因憤怒而豎起的耳朵終於慢慢垂下。她湊到平板前，低聲對姐姐說了幾句話後，重新跳回沙發的角落。

平板螢幕裡，白宣清新的笑容更加燦爛了。

「開始看囉。」

秋夜裡，柳透光與白家姐妹終於開始收看美劇。

他們度過了一段非常歡樂的時光。

白家姐妹在看完美劇後聊得非常開心。後來，白唯甚至把柳透光趕到沙發角落，自己靠向平板電腦。

綠茶喝完後，看到白家姐妹相處的氣氛正好，柳透光微微一笑。

他去廚房泡了一壺紅茶回來。

那天晚上，他送白唯出門時，借給了她一件之前白宣留在家裡的連帽運動外套。白唯接過之後，極其自然地穿上了。

要是一恍神，恐怕就會以為眼前的女孩就是白宣了吧。

「小心啊。」

「小事。」

白唯像一隻即將遠遁的小狐狸般，腳步輕快地離開了。

CHAPTER 4

冬至

——總有一個人，會結束我們漫長的年少歲月。美好時光一去不復返，我們無法挽留，但至少能讓回憶長留心中。

冬天是夏天的倒影。

時光飛逝，時值晚秋，整座城市已經漸漸入冬。

伴隨著第一個冷氣團報到，立冬終於來臨了。

在白宣從遙遠的國外飛回臺灣後，路樹幾乎都已凋零。

天色看上去依然像是染上了濃重的霧灰色，柳透光圍著與天空一樣顏色的圍巾，一個人走在街道上。

氣溫很冷，呼出口的氣體都會化為白煙，而後飄散在冰冷的空氣中。

偶爾漫不經心地看著遠方的街景，漫無目的的柳透光一路隨性地散步，最後走到了那座熟悉的公園。

這裡幾乎象徵著他曾經擁有的、玫瑰色的青春。

一年多前，柳透光和王松竹曾經在這座公園深夜長談。

王松竹訴說著許多發自內心的煩惱，細數那些自卑與不知所措。

他從小學習音樂，在正規的樂理教育中薰陶，擁有音樂天賦和絕對音感的王松竹一旦願意躍上舞臺，觸碰琴鍵——

聚光燈總是隨之而聚焦燦爛。

「松木上的小青藤」頻道，用了大約一年的時間終於突破三十萬訂閱。

很多人被王松竹溫柔暖心的琴音，彈琴時專注而堅決的眼神，與飛快交錯的修長十指所吸引著迷。

這樣的場景，柳透光看過很多次了。

他走近公園的盪鞦韆。

盪鞦韆上理所當然地空無一人。如今的王松竹，也不是那麼常能出現在這裡了吧。

他在臺中，而這裡是臺北。

柳透光捧著熱咖啡，無語地凝視著那個空蕩蕩的座位。

一股油然而生的空虛感填滿了他的內心。

「唉。」

他在璗鞦韆上坐下。

夢回青春。

一年多前，王松竹也曾在他身邊的盪鞦韆坐下。當時他們都以為，這種無憂無慮的校園生活可以持續很久很久。

盪鞦韆的座位有兩個。

但現在卻只有他一人。

不遠處傳來孩童高亢的嬉鬧聲。柳透光側過頭，視線越過熱咖啡飄散出來的霧氣，看見了在公園沙坑裡玩耍的小孩。

有三個小孩在那裡玩沙，這幅畫面，不禁勾起了柳透光童年的回憶。

他握著熱咖啡，凝視著他們，好久好久都沒有移動。

前些時日，白唯在白宣的叮囑下來看望他。來看看他過得好不好，有沒有像以前那樣，只要白宣不在就一臉要死不活。

「我過得還可以吧。」

想到那晚熱絡地聚在一起的白家姐妹，柳透光的嘴角微微揚起。

離追尋白宣兒的那趟迷途之旅過去一年多了，自己怎麼可能沒有成長呢？

但是，即使看起來再怎麼正常的一個人，即使看上去過很滋潤、很悠哉清閒，好像想做什麼就做什麼的人，他的心中，又怎麼可能沒有半點遺憾惆悵？

柳透光空出來的手輕輕地握住溜鞦韆的繩索，當他正準備往前一蹬——

他的背後卻被輕輕地推了一下。

溜鞦韆向前方輕盪而出。

柳透光回頭一看，眼前出現的居然是他記憶中熟悉的高大身影。

「哇靠，你居然在這裡。」

「嗯，放假，我回來了。」

王松竹站在他身後，雙手插在墨綠色的輕薄羽絨外套之中，他穿著剪裁合身的深色牛仔褲與那雙熟悉的白色滑板鞋。

王松竹的穿搭風格一點也沒變。

柳透光站了起來，正面抱了一下王松竹。

「松竹，真的好久不見了。」

「嗯，自從我去臺中後，這還是第一次見面吧。」

「在臺中跟小青藤過得還好嗎？」

「小青藤……唉，她的身體還是有點虛弱，很難負荷高強度的演出跟練習，我之後可能得想點辦法。我們為了現場演出而準備的團練，跟在 Youtube 上發布音樂影片幾乎是同步進行，說真的，很忙。」

王松竹一口氣說完，又認真地問道：「你呢？」

「嘿嘿，我就比較悠閒了。」柳透光嘿嘿一笑，重新坐回盪鞦韆上。

他低頭輕啜手中的熱咖啡。

王松竹不太相信地張大眼睛，伸手推了一下柳透光的肩膀，跟在他後面也坐上了盪鞦韆。

當年的風景，在此刻重現。

「什麼？你居然很悠閒？為什麼？」

「我都在看劇。」

「嘖嘖，白宣呢？」王松竹邊追問，邊苦笑著搖搖頭，「難怪追逐夜星的白宣和春墨這兩個頻道最近都沒有更新，原來你都跑去看劇啦。」

「哈哈。」

「白宣去哪了？她不會放任你混吃等死吧？」

「上個月白宣出國旅行了。本來只去日本，後來她還去了中國，一直到最近才回來。」柳透光輕聲說道。

「咦？那她的學校呢？」

「白宣今年本來就沒有升大學，明年才考。她想在上大學前走遍她想走的地方，看遍她想看的風景。白宣的爸爸媽媽都很支持，加上白宣很有錢，所以沒有人阻止得了她。」

「喔，原來是這樣啊。」

「她已經回來了。」

——明天我跟她有約。

柳透光本來想把後面這句話也說出來，但又覺得會破壞跟王松竹聊天的氣氛，於是他便沒有開口。

冬天的臺北，天氣濕冷得簡直要人命。柳透光裹了裹外套，把脖子上的圍巾圍得更緊了。

「透光，你的大學生活還順利嗎？」

「還行吧。」

「會這樣回答通常表示不太行啊。」王松竹不露痕跡地望了一眼透光，淡棕色的雙眼中帶了點灰濛。

「我滿常去找吳疏影的，獨立電影社的氛圍我很喜歡。」

「但你沒有加入。」

「……這你都知道。」柳透光縮了縮身子，「嗯，我沒有加入。雖然我很喜歡看劇，也一直在看他們的劇本，但我覺得自己不屬於那裡。」

說完這句話，一個更尖銳的問題從內心深處筆直地戳向柳透光。

——那我屬於哪裡？

——升上大學之後，我到底屬於哪裡？

想到這裡，柳透光頓時失了神。

直到王松竹在他耳邊打了一個響指，才讓他重回現實。

「覺得現在的生活很空虛嗎？透光。」

「是有點。但我猜只是因為白宣兒這一個月不在，等到她回來，我們可以做的事就多了。」柳透光客觀地分析，「等白宣回來，我們會繼續踏上旅途，像以前那樣拍片剪片。」

「白宣不可能一直待在你身邊。」

「……」

「所以，吶，透光。」王松竹側過頭，充滿精神的雙眼盯著一時不知所措、顯得十分茫然的柳透光，「找點自己想做的事。」

「我天天看劇啊。」

「看劇能緩解你的空虛嗎？」

「……不能。」

柳透光忽然察覺了什麼。

空虛，無聊。

這確實是最近一直在困擾他的事。即使投身於茫茫劇海之中，每當「The End」的字幕出現時，內心那股無法壓抑的空虛感就會湧上心頭。

「你要找到你更想做的事，能讓你傾心、竭盡全力去做的事。」

「怎麼找？」

「你對現在的生活，最深刻的感覺是什麼？」

柳透光低著頭，用混合著難以言喻的悲傷聲音回答：「寂寞。」

因為朋友都各奔南北，彼此分離了。

王松竹壓根沒想到摯友會這樣坦率地說出口，霎時一愣。

他突然很想就這樣待在臺北，就陪在柳透光身邊。就算一週只能見一次面，柳透光也不會這麼孤單了。

但不可能，自己做不到，也不適合這麼做。

他看得出來，柳透光有一個人面對寂寞的能力。

他早已不是當初那個迷途的少年。

王松竹覺得，柳透光絕對能一個人克服那種吞噬人心的空虛感。他的內心足夠堅強，也能坦率地直視孤獨。

「透光，想找我聊天的話，隨時打給我啊。」

「沒問題。」

「白宣已經回來了嗎？」

「回來了。」柳透光溫和一笑。

這個笑臉，輕鬆得彷彿將所有的寂寞都拋之於腦後。

短暫的沉默後，柳透光喝了口手中漸涼的咖啡。

「王松竹，你知道吳疏影想執導一部電影嗎？」

「喔？」

「她說這是她畢業前的夢想，她正在找一個想拍的劇本。」

「是喔？」王松竹有點驚訝，「你在看劇本，不會就是在幫忙她審閱吧？」

「是呀，一部分是。」

「如果吳疏影想執導電影的話，我跟小青藤可以幫她寫主題曲，也可以負責整部電影的音樂演出。」

「哇，這句話可不得了，你一定要跟她說啊。」柳透光話鋒一轉，「剛才說的寂寞，其實就是懷念我們以前在水昆高中的生活吧。」

「嗯。」

此刻，坐在盪鞦韆上的兩人，心中浮現出水昆高中那再熟不過的校園。

合作社前兩棵盛開的櫻花樹。

夕陽西下，沿著遠處的群山一路越過操場、映射到教室裡的暖橙色光芒。

影音剪輯社在夏日午後的社團教室。

曾經的二年A班與三年A班。

柳透光半確認似地說道：「日子照過，課照上，劇照看。拋下那些若有似無的寂寞感，好像一點也不會影響生活。而且，人長大了就必須面對分離是很正常的事。說不定以後看來，那些都是小事吧？」

「說不定，我也不知道。」

「難說，長大的事誰也不知道吧？」

「但是，現在回想起我們在水昆高中的生活，還是很快樂吧？」王松竹往前一蹬，盪鞦韆高高向半空躍去。

他明白柳透光口中的寂寞。

那更像是，對於原先相伴身邊的好友們各奔東西後所產生的失落。

「是啊，毫無疑問，非常開心。」柳透光也向前一蹬。

原來最近總是盤踞心中的茫然與空虛，是不捨得分離啊。

在不遠處的沙坑裡玩耍的小朋友們，紛紛被他們傳出的歡笑聲所吸引。

他們第一次看見，那麼大的人這麼開心地玩著盪鞦韆。

「透光，你跟白宣以後有空也可以來臺中找我跟小青藤啊。我跟小青藤的學校就在附近，很好約到我們的。」

「好，等我們下一次去臺中。」

「我們也會有空就來臺北玩，大家像以前那樣聚一聚。」

盪鞦韆逐漸停止擺晃，最終回歸原位。

兩人幾乎同時站了起來。

「下次見了，透光。」

「嗯，保重。」

在這座公園，兩人再次分離。

但分離前，兩人心中都已經燃起一把溫暖的火焰，再也不會輕易地覺得寒冷，也不會再被虛無感吞噬。

柳透光踏上回家的旅途。當他仰頭望向天空時，突然眼前一亮，發現一縷金黃色的陽光透出了厚重的雲層。

雲隙光。

他微微一笑，拿出手機拍下後上傳了Instagram與粉絲團。

遠方，那裡也是希望的方向——他這樣寫道。

冬天的風非常冰冷，透著一絲冷冽的氣息。

柳透光快步走回家。

度過了孟冬時分，現在已經是冬至了。整座臺北城市就像染上了一層灰濛濛的色彩，清幽與寂寥在城市裡蔓延。

柳透光回到家中，快速地換下外套，重新套上那件灰色居家斗篷，毛茸茸的鋪棉內裡讓他感受到一陣暖意。

泡了一杯熱茶後，他坐回沙發上。

窗外看得見天空各處透出的雲隙光，溫暖的陽光正普照著冬天清冷的城市。

他拿出從獨立電影社帶回來的劇本，明天是星期一，要是看完了就可以去獨立電影社找吳疏影討論。

柳透光拿出紙筆，端坐在桌前，開始寫起心得。

筆尖輕輕刮過紙張，傳來粗糙的觸感與聲響，那是時間流動的聲音。

到現在為止，沒有人知道他為什麼一直看劇，並不斷跟吳疏影借劇本觀看。

他之所以一直看劇本，一直看影劇，都是有理由的吶。

水昆高中的大家因升學而四散南北，要是有辦法能讓大家再相聚一次就好了。

柳透光的心願非常純粹。

熱茶配著紙筆，他一個字一個字地寫著心得。

這不僅是為了提交心得報告給吳疏影，也是想讓獨立電影權威影評人的四月小姐，能更快速地指點自己如何寫劇本。

多讀多看。現在柳透光正充實自己的見識和知識量。他一直寫到深夜才心滿意足地放下筆回到房間。

在睡覺之前，他站在窗前凝視著窗外的夜景。

心裡一點空虛的感覺都沒有。

「啊，明天還要跟白宣約會。」

依照課表，他中午以後就沒有課了，所以他們約好了一起吃午餐。吃完午餐後，他們計畫去浮萍藝術大學附近的吊橋與河堤閒晃。

在東北亞玩了一圈的白宣兒，肯定有說不完的、想分享的旅行趣聞要告訴他吧。

吶，這樣的大學生活，不也挺好的？

不意間，他看見玻璃窗面上反射著自己正掛著的愜意微笑。

這一刻，柳透光迫不及待地想要見到白宣。

上午的課程很快結束了。

在漸漸空曠的大教室裡，柳透光望著三三兩兩分頭走出教室的同學。他認得其中的幾個人，能叫出名字的人也有一些。

稍微熟識一點的人……他低頭深思，發現一個也沒有。

上了大學以後，每一個人好像都很忙。

或許該說，結束了漫長青春的所有人，不管用什麼形式，都已經在為自己的未來奮鬥著。

想要建立起同班同學間的友誼，所必須投入的時間與精力，並不是每一個人都能承擔的。

更多人只在意自己。

柳透光坐在教室後排，靠近角落的位子。

這個位置看向窗外，能看見學生熙熙攘攘地在校園裡出沒。他想起在水昆高中的日子，他也時常這樣眺望著窗外風景。

當時柳透光所凝視的風景裡，還有一個白宣。

高中時代，其實也是不久之前的事而已。

白宣坐在窗邊，他坐在白宣的右手邊。每當柳透光往陽光映射的方向看去，總能看到白宣一頭飄逸的栗子色長髮和反射著光彩的點點塵埃。

他不由得心生懷念。

柳透光正要從座位上站起身，只見從門邊走進來一道清麗的身影。

「哇，她是……」

「本人比影片好看太多了吧！」

「她是來找柳透光的嗎？天啊，本人看起來好美。」

教室裡還有幾個同學，眾人的視線，紛紛被走進來的女孩深深吸引。有幾個人認出她來，發出驚呼。

女孩從門口一路如入無人之地般，逕自走到柳透光身前。青檸香氣飄散，舉手投足優雅而脫俗。女孩的雙手自然地垂落在大衣下襬旁，一身偏瘦的身形線條占據了柳透光的視野。

細緻的五官，點著櫻色唇蜜的雙唇，漂亮的臉蛋上掛著招牌的清冷笑容。因為天氣寒冷，她的酒窩浮出可愛的粉色。

她身上穿著那件線條俐落的淺米色上衣，柔順的栗色長髮順著西裝領垂落到胸前。

女孩在柳透光身前停下。隨後，看了看柳透光左手邊的位子。

「吶，透光兒。」

「嗯……」因為太過吃驚，柳透光第一時間沒反應過來，只能愣愣地坐在椅子上。

教室裡十分安靜，只有偶爾傳來的竊竊私語。

其他同學都聚焦看著這裡。

有一些同學知道他是「追逐夜星的白宣」頻道裡的墨跡，也有一些人跟他聊過，但都沒有深聊。柳透光是有一定知名度的Youtuber，即使是「春墨」頻道，訂閱數也不少了。

但是，當白宣出現時，意義就不同了。

這些同學，大概都沒有看過白宣本人。

白宣身上那抹神祕而迷茫的氣息，總是讓人不自覺地被她吸引。在影片裡看到的只是其中一部分。還有很多關於她的魅力，無法透過螢幕傳達。

她身上總有一抹淡淡的神祕，整個人彷彿無時無刻不散發著迷茫和憂鬱。而她的雙眼總是看向遠方，即使站在白宣眼前，她那清澈的雙眸也只會越過眾人，注視著雲的彼端。

白宣穿著淺米色的西裝領大衣，袖口反折露出骨感的手腕，一股說不出來的清新與成熟，在柳透光心裡留下強烈的印象。

「吶，透光兒，要我坐在你左邊的位子嗎？」

「妳想嗎？」

「可以想，也可以不想，我只是有點懷念。」

「妳去坐啊，我們可以重溫在水昆高中的生活。」

「但我們在水昆高中的美好時光已經過去了吧。」

「對，漫長的青春假期已經結束了。」

「同感。」白宣輕眨雙眸。

不知道是不是他的錯覺，白宣水潤的雙眼更加動人了。

白宣續道：「現在你在浮萍藝術大學讀書，這半年我也去了好多地方，我們都不是高中生了。」

「不是高中生，也和其他人暫時分離了。」

「對。」

白宣單手輕輕地撐在柳透光的桌面上，她的頭微微垂下。柳透光抬起頭，由下往上地看著她落寞的眼神。

他想起了昨晚，與從臺中北上的王松竹在公園盪鞦韆的相遇。

他能感覺得出來，松竹也同樣追憶著過去的高中時光。那些美好的青春歲月，那些快樂的高中時代，卻已經一去不復返。

過了良久，午後的時間緩緩流逝，柳透光終於站起身。

「走吧，白宣兒。」

「好。」

「我們先去吃午餐吧，吃完午餐我們可以去河堤附近晃晃。那附近最近開了文青市集，有賣一些手作文創小物。」

「手作市集！」白宣率性地跟上柳透光的腳步，線條極簡的米色大衣下襬隨著她走動時的長腿不斷搖晃。

柳透光突然意識到，自己以前從未發現白宣居然如此適合這種衣服。

或許，只是單純因為彼此長大了，連帶著穿搭風格也改變了吧。

白宣與柳透光越過大學的走廊和庭院，最終從學校側門走了出去。一路上他們被幾個錯身而過的同學認了出來，但沒有一個人去打擾他們。

冬風蕭瑟，冷風迎面吹向兩人，柳透光感受到自己的臉龐正逐漸冰冷。他伸手調了調淺灰色圍巾，試圖將冷風隔絕。

剛從更冷的國家歸來的白宣，在大衣裡套了一件高領毛衣，她似乎沒有感覺到冬天帶來的刺骨涼意。

站在側門口，白宣忽然碰了碰柳透光的手。

「好冰！」白宣發出小小的叫聲，但她並沒有把手抽回。

柳透光無奈地笑道：「嗯啊，這個冬天愈來愈冷了。」

「那我先牽著你。」

柳透光說不出話，但身子顯得略微僵硬，他的臉龐微微發紅。他發現了，白宣的手真的好溫暖啊。

白宣維持著柔和的笑意，開心地往前走去。

這個時間點，大學附近的餐廳都是學生。

無需開口，只需點頭意會。白宣與柳透光一起遠離了大學周圍，找了一間位於住宅區附近、氛圍靜謐的咖啡廳開始享用午餐。

他們兩個人有許多共同的愛好和習慣。

彷彿隨著兩人相處時間久了，愈來愈同化了彼此。都喜歡喝咖啡，都喜歡吃簡餐，都喜歡在靜謐空間享受午後時光。

一股濃厚的咖啡香飄散在空氣中。

這間咖啡廳在門口擺放了一塊木頭告示牌，上面寫著今日特製烘焙豆的名字。櫃檯後方的木櫃上，也擺了一整排自家烘焙的咖啡豆。

窗簾是駝色和藕粉色相間。窗外的陽光透入室內，將咖啡廳內部染上一層溫馨的顏色。

柳透光進到咖啡廳後，終於從寒冷的冬天裡找到了暫時避難的地方。

他們選了靠窗的位子，太陽的光芒透過窗簾微微照耀著桌面，顯得這裡更加溫暖舒適。

白宣點了一份草莓焦糖土司和無糖拿鐵。

柳透光點了一份白酒義大利麵與一杯無糖卡布奇諾。

咖啡廳播放著 **Lo-fi Jazz**，在刻意調降音質、聽起來復古的音樂之下，他們有說有笑地度過中午。

很久很久沒有這樣放鬆了。

「吶吶，透光兒，這次我去了日本的京都，發現那邊實在太適合漫步遊走在城市之中了，走好幾個小時也不會膩。」

「京都嗎？」

「對呀，相比東京，我更喜歡京都一點。歷史悠久，繼承文化的城市，更加靜謐，也更加動人。要是用臺灣的城市形容，大概就是臺南的感覺吧。」白宣說道，「是說，我們之後應該可以開一個頻道節目，專門做外國旅行。」

「咦？我們終於要做外國的深度旅行影片了嗎！」柳透光愣了一下。一直以來，「追逐夜星的白宣」都只做祕境探險、野外料理和臺灣相關的旅行影片。頻道訂閱數突破一百萬後，終於要改變選材方向了嗎？

白宣捧起咖啡杯，白煙在他們兩人之間緩緩上升。

她微微一笑：「旅行的意義，不就是看遍世界的風景嗎？」

「嗯，這我同意。」

「踏上旅途，走遍世界，在每一個時刻每一個景點遇到的每一個人，都有著不同的故事。對我而言，能做臺灣的影片很好，但外國的旅行影片也可以嘗試。」

「好，我懂妳意思了。」柳透光聳聳肩，也喝了一口咖啡。

對於要去哪裡旅行，要做哪一個國家的影片，這些柳透光都沒有意見。要是可以的話，他甚至想去南極。

但難度太高了，他在心裡默默想著。

「你好，這是你們的餐點。」服務生在桌面上放下餐點。

焦糖土司比想像中更有分量，滿滿的焦糖搭配著蜂蜜和鮮奶油。套餐裡還附有冬季特產的大湖草莓，正整齊地堆放在另一個小圓盤中。

白宣滿足地吃著焦糖土司，她舉起叉子，細長的食指按著叉柄，分了一顆給柳透光。

隨後她用手指拿起一顆草莓，放在唇邊輕輕地咬了一口。

「吶，透光兒。」

「嗯？」

白宣深邃的雙眸骨碌碌地轉動。

「你還記得去年夏天，就是我們還在水昆高中、高二升高三的那年暑假，我們去玩的地方嗎？」

「高二升高三……喔！」柳透光恍然想起那段在晴空萬里下的花蓮之旅。他用手指拿起草莓，眼裡盡是追憶。

那個暑假，是他們最後一個無憂無慮的假期，玫瑰色青春即將落幕的前夕。

柳透光用回憶似的口吻說道：「我記得我們去了花蓮的東華大橋，那裡有一整片壯觀的、幾乎看不到盡頭的西瓜田。在太陽照射下，看起來一閃一閃的。順著東華大橋下的溪水，附近有很多水渠和清澈的埤塘。在西瓜田後面，谷雨小姐的小屋就在那裡。我們跟她 **Feat** 製作了一部影片。」

「透光兒，你記得很清楚吶。」

「那是當然的。」

那段旅行和所有珍貴的回憶早已被他收進記憶的藏寶盒裡珍藏著。那從海岸山脈吹拂過來的薰風，綿延無盡的西瓜田，還有谷雨小姐。

影片的主題是野外料理對決。

「火焰煮魚」對決「烤魚佐花東時令野菜湯」。

谷雨小姐在廚房裡燃起的火焰，柳透光到現在都還記得一清二楚。

「白宣兒，我怎麼可能忘記呢？」柳透光笑著反問。然而，他的笑容卻顯得有些難過，還有深深的、無法淡化的思念。

柳透光伸手揭開駝色窗簾，屋外刺眼的陽光映在他的臉上。

光芒投射而來。

光影流轉而至。

藍天白雲，萬里晴空。

夏日薰風掠過了柳透光與白宣的臉龐。

「吶，透光兒，你覺得要在埤塘裡抓魚，還是我們去森林裡冒險？」

「都可以啊。」柳透光聳聳肩，「我們想做野外料理，還需要用到一些在夏天生長的野菜，所以森林應該是要去的喔。」

「那，哪一邊的魚比較好吃？」白宣好奇地想著。

柳透光再次說道：「如果我們認真在野溪裡抓捕，可以抓到非常鮮美的魚。但我覺得，谷雨小姐家附近的埤塘跟西瓜田附近的水渠池塘也都可以看一下。這邊的土地很肥沃，水渠裡的魚應該也會很肥美。」

「同意！」白宣露出晴天般的燦笑。

她的手指堅定地指向前方，好像那裡是希望所在的方向。

這是他們不需要言語的默契。

兩人往西瓜田附近的水渠走去。

時值暖夏，因此在田野間走動的兩人，頸間與臉蛋上都出了點汗。

柳透光與白宣帶著從谷雨小屋裡拿出來的兩個竹簍與釣魚工具，循著鄉村小路，走進了附近的水渠。

兩人有說有笑，歡樂自在，似乎都很享受這段花蓮的旅行。

這對他們來說，也是在平日忙著拍片剪片、構思題材的忙碌之餘，難得可

以悠哉投入旅行的時間

隱約之間，傳來流水潺潺的聲音。

他們在田埂邊行走，直到靠近了位於西瓜田附近的一條水渠。這條水渠連接著其他渠道，負責了這一整片地區田地的灌溉。

白宣凝視著水流，像是思考般面無表情了幾秒鐘，隨後她漾起微笑。

「吶，透光兒。」

「嗯？」

「我想去下面看看。」

白宣把手搭向柳透光的肩膀，身子微微前傾，左腳往後一勾，左手指尖探入鞋跟縫隙。白宣以優雅而不失俐落的姿勢，脫下了腳上的鞋子。

單腳站立的她沒有重心不穩。因為此刻，柳透光已然成為了她的重心。白宣以同樣的手法，把襪子也脫了下來。

柳透光望著受到好奇心驅使、很想一探水渠的白宣，心裡忽然湧起不祥的預感。他正想說點什麼，卻已來不及阻止。

「透光兒，我們一起跳下去吧！」

「咦？我也要嗎？」

「這個問題不應該問我——你想要嗎？」

「哈哈哈，好啊。」柳透光大笑，也跟著脫下鞋襪。

他們小心地跳入不高不深的水渠之中。水質清澈冰涼，流水溫柔地輕拍著他們的雙腿。這是他們第一次親身站在水渠之中。

接下來是抓魚了。

他們曾經在南投的高山野嶺中，在野溪邊抓過溪蝦與草魚。在平原的水渠裡抓魚，對他們而言並不難。

白宣今天穿著Oversize的白色短袖T恤，但要在水渠裡移動，似乎很容易浸濕。

白宣想了會兒，把衣服過長的下襬拉到小腹前綁在一起，纖細而白皙的腰身因此露了出來。

「這樣就沒事了。」

「妳要開始抓魚了嗎?」

「對呀。」

「那我可以稍微拍一些素材,這裡很適合放進影片裡。」

「好呀。」白宣爽朗地回道。

在太陽的照耀之下,翠綠色的西瓜田染上了一層金光。位於一旁的水渠之間,因抓魚而濺起的清澈溪水潑到了白宣身上,溪水順著她白皙的鎖骨、手臂和大腿滑落。

柳透光幾乎看傻了眼,但他沒有忘記自己的職責。

沒有多久,白宣綁起的衣服下襬幾乎濕透了。

「吶,透光兒。」

「怎麼了?」

「你也來一起抓啊,這裡的魚……唉。」白宣抓了兩條魚後,都不是很滿意,沒有多想便把牠們放走了。

柳透光放下相機。

他想了一下，又從脖子上拿下相機，放到水渠邊上。

「妳覺得不夠好嗎？」

「嗯，我想抓大條一點的。」白宣邊說，手指邊順著頭髮。因為抓魚的關係，她額前的瀏海稍顯凌亂。

她凝視著水渠一會兒，說道：「吶，透光兒。」

「嗯，怎麼了？」

「我們試試看用釣魚的方式。」

「也好呀。」柳透光不置可否地回應，很快停下動作，走上田埂。白宣在他身邊，把早已準備好的蚯蚓串上魚鉤。

兩人迎風而立，微風輕輕颳著平原上的農地，壓過一片片開滿花朵的野草地，吹拂著他們。

氣溫忽然變得十分舒服。

手抓魚竿，釣魚線順著白宣修長而形狀漂亮的手指向遠方拋出，在半空畫出美麗的弧線後，掉落到水渠之間。

白宣忽然皺了皺眉頭。

柳透光看著白宣的側臉，不解地問到：「怎麼了？」

「沒事，我只是想起來好久沒釣魚了。」

「這不是來釣魚了嗎？」柳透光望著浮標，「妳想怎麼做魚的料理？」

「我想用最原始、也最能激出食材鮮美的方式。」白宣故作神祕地眨眨眼。

「喔！」

柳透光僅僅愣了一秒。

跟白宣默契十足的他，立刻就意會到白宣的主意。更何況，他們對於主題早就有了共同的想法。

「你覺得呢？」

「我覺得沒問題。而且，之所以一定要釣到特別肥美又新鮮的大魚，就是因為妳想用那個方式去製作料理吧。」

「對呀！」

白宣還沒說完，水面突然有了波動。

浮標跳動著，似乎有魚上鉤了。白宣連忙拉緊魚竿，開始收線。她纖細的手腕頗為骨感，但力量卻一點也不纖弱。

「是一條大魚啊，透光兒！」

「快，不要讓牠跑了！」

「哼，這種事怎麼可能發生。」白宣很有自信。雖然有段時間沒有釣魚了，但拿著魚竿的手感，她一點也沒忘。

這條魚確實很大，看上去就十分肥美。

兩人把裝有大魚的魚簍沉入谷雨小姐屋後的埤塘中。

「肥滋滋的，最適合烘烤了。」白宣蹲在岸邊，看著在魚簍中掙扎、試著想要衝破竹網的大魚。

「走啊，下一站？」

搞定魚後，柳透光與白宣一同看向遠方的森林。

野菜，是他們下一個目標。

臺東與花蓮一帶生長著非常多臺北看不到的野菜。

他們深入森林，採了數種野菜，還有白宣一心想找的野生蕈類。裝滿了竹簍後，他們便與高采烈地搭車回到谷雨的小屋。

他們兩人在庭院中洗著野菜與野生蕈類。

庭院裡有一座谷雨小姐手工打造的洗手臺。及腰高度的石板傾斜，讓石板上方接著的竹筒可以自然地流出溪水。

柳透光看著竹簍裡的野菜。

「白宣兒，妳看這些都是野生的蔬菜，那座森林裡好多啊。」

「是呀。」白宣把袖口折起，開心地看著柳透光。「透光兒，我之後想再來這裡找谷雨姐玩。」

「我也是吶。」

「等之後有機會，我們再一起來吧。」白宣露出溫柔的笑容。

在開始烤魚前，正好在花東旅行、搜尋靈感的小青藤與王松竹，也騎著電動腳踏車來到谷雨的小屋。

他們加入了品嘗野外料理的行列。

花蓮之旅的最後一個晚上，五個人仰望著流星與銀河。那天夜裡，星空為他們的青春添上了一抹獨一無二的顏色。

柳透光覺得，他一輩子也不會忘記那一晚。

一大片灰雲飄過，剛好遮住了太陽。

這讓原先映照在柳透光臉上的駝色光芒暫時消失了，連帶地也將太陽光捎來的暖意悄悄帶走。

冬日午後，咖啡廳裡持續播放著音樂。

柳透光抿起嘴唇，眼神在不意間變得有些黯淡，他把駝色窗簾恢復原狀，用手拿著草莓，一口吃下。

一年多前的夏天，他也曾經走進森林裡摘採野莓。

過了這麼久，旅行的記憶依然清晰。但那支影片到底剪了什麼呢？好像有點忘了。

畢竟那是一年多前的影片了。

想到這裡，柳透光的表情忽然浮現有些難以言喻的悲傷。

空虛。

寂寞。

又是這種感受。柳透光只好拿起叉子吃著白酒義大利麵，希望藉著進食來轉移自己的注意力。

這段時間裡，他幾乎忘記了白宣還坐在他身前。

無比瞭解柳透光的白宣，一直把他的情緒看在眼裡。

她的眼角微紅，沒有說話。

原來這一年多的時間，不對，或許該說是升上大學、自己很少在臺灣的這段時間，透光兒一直這麼孤單嗎？

白宣的手輕輕撫著胸口。

迷途之旅。

在那段藉由身邊最親近自己的人，重新確認在別人眼中真正的自己的旅程裡，白宣不止一次感受到柳透光的可靠溫柔。

跑遍臺灣南北與離島，上山下海只為了找到故意躲起來的自己。

當初的感動紛紛化為海浪一般襲向白宣的內心。

該做點什麼。

為了透光兒。

白宣放下刀叉，用手輕輕撩過耳畔的長髮，默默地站起身坐到了柳透光身邊。

這一連串動作，陷入情緒漩渦、被灰暗所籠罩的柳透光恍若未聞。

「吶，透光兒。」

沒有反應。

於是白宣用雙手探向柳透光的肩頭，讓正在沉思的柳透光正面向她。

四目相對。

柳透光的眼裡有點驚訝，但更多的是止不住的懷念與失落。

白宣上半身往前一撲，正面摟住了柳透光，將頭緊緊貼著他的肩頭。她聞到了透光兒身上那令人熟悉而安心的氣息。

兩人就這樣彼此依偎著。

這一瞬間，原先沉浸在難以言喻的悲傷和再也回不去的美好青春之中的柳透光，終於回到現實。

他發現白宣特地換了位子，將他緊緊摟抱在懷中。

僅僅幾秒鐘，柳透光就想明白了。

自己內心的想法，呈現出來的情感，大概都被白宣一眼看穿了。就如同最理解白宣的人是自己一樣，最瞭解自己的人，當然也是白宣。

柳透光感到一陣窩心。

在這個擁抱之前，柳透光彷彿孤身一人站在人煙罕至的荒野叢林，被永無止境的冰冷雨水所侵蝕。

不只是肉體，更多的是心靈的損耗。

要是一個人孤單久了，就會壞掉了。

幸好，白宣兒在這裡。

這股從內心深處升起的溫暖堪比冬日溫和的豔陽。柳透光感覺到，從脊椎一路蔓延到全身的寒冷，已被白宣的擁抱所帶來的暖意驅散。

「幸好妳在這裡，妳懂我，也瞭解我……」

「嗯。」

「妳只是看著我，就知道我在想什麼。」柳透光緊緊抱住白宣的腰，帶著濃重鼻音，「幸好，妳在這裡。」

「我一直都在。」

「真的嗎？」

「真的，我們會一直相伴彼此。」白宣溫柔地說。

好在他們選了一家離浮萍藝術大學很遠的咖啡廳，這個時段店裡也沒有多少客人。他們兩人親密的擁抱並沒有引起別人的注目。

他們鬆開彼此，繼續享用午餐。

在咖啡館門口分別前，白宣直直地盯著柳透光，認真地說道：「在透光兒人生的旅途上，你永遠不會孤單。」

「我知道了。」

柳透光露出可能是大學開學以後，從秋天直到現在第一個真正發自內心、愜意無比的笑容。他的肩膀一鬆，終於不再繃緊神經了。

「那透光兒，我先走了。明天來我家討論一下，我們來寫之後的影片計畫。啊，你要上課，明天你有空嗎？」

「下午有啊。」

「那好，我先回去研究一下國外深度旅行影片的可行性，明天見了。」白宣揮手說著拜拜。

柳透光目送著白宣離去的背影，剎那間，怦然心動。

「啊……」

他觸摸著心口，腦海裡浮現出剛才在咖啡廳理兩人相擁的畫面。

——在透光兒人生的旅途上，你永遠不會孤單。

有人完全地瞭解自己，並且相伴在自己身邊，真的非常幸福。

冬日，冷風陣陣。

隨著太陽被厚重的雲層遮掩，走在臺北的街道上，幾乎看不見陽光。時間漸晚，氣溫也逐漸下降。

現在的柳透光卻依舊元氣飽滿、精神抖擻。

他調整了一下淺灰色圍巾，走回了家中。

他不再怕冷了。

馬上就要到週末，手上的劇本也已經看完了。

打開門，走回房間後，他凝視著書桌上的劇本與寫下無數心得的筆記本。這些日子，他把獨立電影社中，吳疏影給他的劇本都看完了。

「夠了嗎？」

夠了。

柳透光心裡很少會這麼肯定。

他終於下定決心。

泡了一杯熱綠茶，柳透光在夜幕降臨前坐到了書桌前方。準備好紙筆後，他打開筆記型電腦。

想為一去不復返的青春做點什麼，想讓四散各地的大家重新聚在一起。

柳透光的想法非常純粹。

冬日漫漫。

對於柳透光而言，從白宣回來的這一天開始，日子就變忙了。

雖然他有些懶散，但手上的「春墨」頻道一直有在經營。而「追逐夜星的白宣」頻道，因為白宣出國旅行的關係暫時停更了一陣子。

現在白宣回來了。

腳本編寫、素材收集、實境拍攝、剪輯影片，這些頻道的日常工作，都要繼續開工了。

他們也準備再次踏上旅途。

跟白宣在咖啡廳的談心，為柳透光逐漸枯竭的內心注入新的靈感，現在他再次擁有了向前邁步的力量。

——在透光兒人生的旅途上，你永遠不會孤單。

即使他沒有開口，依然有人可以看穿他的煩惱。柳透光為此感動不已。為了討論關於頻道之後製作影片的方向，柳透光去了白宣家裡，與白宣喝著下午茶，肩並著肩，手臂貼著手臂，開心地看著筆記型電腦熱烈討論。午後的陽光穿透窗戶，輕快的音樂在室內流淌，兩人不時隨著音樂而輕輕擺動。

柳透光偶爾會因稍稍低頭側看，看見白宣那骨感的鎖骨與清澈的眼眸。栗色長髮依然柔順，在白宣的梳理下順著胸口垂落。

他忽然覺得，不論是自己或白宣，相比一年多前還在水昆高中的日子，都變得更加成熟了。

他一樣喜歡著白宣，卻再也不是那個離開白宣就要死不活的少年。

結束在白宣家的討論後，終於迎來了週休二日。

柳透光先是把之前看的劇本還給吳疏影。

吳疏影站在窗邊桌前，身穿白色的圓領上衣與飄逸的紫羅蘭色長裙，她的頭微微往下看著地板，問道：「這一本還是不好嗎？」

「妳看過了吧？」

「當然。」

「這一本也沒有吸引到我。要說的話，就是太沒亮點了。在所有方面都達到了平均值，甚至超過平均值，但犧牲的，是劇本在單一方向的突出亮點。」

「才不過幾週。」吳疏影似笑非笑，讚賞地說道，「柳透光，對於劇本你已經可以侃侃而談了啊。」

「哈哈，畢竟我這幾週看了很多劇本。」

「這倒是真的，幾乎比我們社團裡的成員都多。讓我都開始懷疑，你是不是對劇本與故事產生興趣了。」

「妳想多了，我只是單純地想看故事。」

「是嗎?算了，我不想追問。你手上的劇本，雖然沒有單一方向的突出亮點，但做為劇本，它是及格的。」吳疏影的手輕輕地劃過木桌邊緣，她失神般迷離的雙眼，既像是看著木桌，又像什麼都沒在看。

她繼續說道：「要是找不到更好的劇本，我會用這一本拍攝。」

「確定？」

「柳透光，我這幾週給你看過的劇本，已經是獨立電影社和我認識的朋友們願意拿給我的劇本中，特別出色的一部分了。」

「真的？」

「當然。雖然這麼說，但我自己也知道多數劇本的水準根本不夠。」吳疏影無可奈何地看向柳透光，雙手抱在胸前。

這大概是開始討論劇本後，吳疏影第一次直視柳透光的雙眼。

柳透光回望著她。

一身略帶透明感的白衣與紫色長裙，手邊擺滿了劇本與稿紙，為吳疏影這一位獨立電影社社長更添一分文藝氣息。

還有她那雙透著智慧的雙眸。

柳透光微微一笑。

這一年多早已成長的他，知道該怎麼做。

他平靜地問道：「吳疏影，所以妳選擇在夢想上將就嗎？」

果不其然，吳疏影臉色一變。

「可以啊。那剛剛那一份劇本，實力是水準以上，雖然創意普通，但完成度及格了。沒有亮點也沒關係，先拍著吧。」

「柳透光……」

「將就拍著。」柳透光微微一笑，補了這句話。

最後這句挑釁，讓吳疏影本就白得不太健康的臉蛋，因憤怒而冒出紅暈。

她纖細的手指用力地抓住劇本。

獨立電影社的社團教室瞬間陷入沉默。

時值週末夜晚，這裡也沒有其他學生，所以連一點雜音都聽不到。

緊抓，然後鬆開。

過了幾秒後，吳疏影因情緒而起伏的胸口，緩緩恢復正常。

她先是放下有些皺褶的劇本，而後走向獨立電影社的沙發上坐下。

她將左腿優雅地交疊到右腿上。

「我知道了。」

柳透光不語。

「想不到啊。」吳疏影仰頭，十分感嘆地把手背貼在額頭上，她看向站在對面的柳透光，「想不到一年多前，那個看起來不知道為什麼很憂鬱、很迷茫，彷彿陷入迷途，像是失去人生方向的少年，現在卻可以建議我該怎麼做了。」

「我只是不希望有人在夢想上將就而已。」

「少來了，你只是想刺激我，讓我生氣，這樣我就不會拍那個我自己也覺得不夠好的劇本了。」

他沒有回話。

吳疏影放下手，雙腿微微向右側傾斜，交疊的雙腿看上去很美。她把雙手靜靜地放在大腿上，直起上半身。

「我不會拍的。」

「喔？」

「我會再多看看其他劇本，如果真的沒有，我就自己寫了。偏偏我沒有寫劇本的能力，會寫影評、懂得欣賞的人，未必擁有創作的才能。唉，我還是想找到好劇本執導，把它拍出來。」

「我可以幫妳的……」柳透光正欲往下說，卻被吳疏影如風鈴一般的輕笑打斷。

「呵呵呵，我知道，我會繼續給你劇本看的。」

「……好。」吳疏影的回答跟自己心中所想有點落差，但無妨，柳透光也不急著說出來。

「啊，時間已經這麼晚啦。不好意思，柳透光，我等一下還有其他事要出去一趟。今天先給你兩份劇本，好嗎？」

「沒問題。」

吳疏影從無數紙堆中挑出兩本劇本。

柳透光從吳疏影手上接過新的劇本，捧在手上，感覺有些沉。

這疊紙承載了多少創作者的心血，承載了多少創作者的生命，對他們而言，是無比貴重的寶物。

「那我先走啦。」

「嗯，下次見。」

說完再見，柳透光迎著冬夜，帶著劇本一路散步回家。不知道是不是錯覺，最近的街道上似乎也沒有那麼冷了。

從吳疏影手上拿到的兩份新劇本，柳透光花了一天就看完了。經過幾週的洗禮，他的閱讀速度提升許多。

「還是很普通呢。」

他嘆了口氣，把紙本平鋪在桌面上，這兩份劇本都不是吳疏影想拍出來的故事，劇本本身也不夠吸引人。

柳透光從書桌前站起身，大大地伸了一個懶腰。筋骨需要活動活動。

他走到廚房沖了一壺熱咖啡，咖啡豆散發出的純厚的香氣，讓他精神一振。

他帶著咖啡壺與透明玻璃杯，走回書桌前。打開筆記型電腦，戴上能讓思緒更加集中的耳機。

他開始寫稿。

夢回青春，少年少女們依稀十七。

他又再次回到一年多前，一次又一次反覆地回憶著。

他希望將那些腦海中早已漸漸模糊褪色的記憶，重新染上明亮的色彩。

島嶼以東的海岸上，浪花拍打礁岩，閃爍著鑽石般細碎的光芒。

綠島的濱海溫泉氤氳著裊裊熱氣，女孩裸露著白皙的後背坐在池邊，雙手輕輕繞過頸後，將柔順的栗色長髮高高束起。

海風吹拂過高美濕地，成排的風車依舊在彼方兀自轉動。

陽明山的竹子湖中，漫山遍野的白色海芋悠然盛放。歌聲清冷如細雨的女孩和只為她觸碰琴鍵的男孩在這裡許下對彼此的承諾。

座落宜蘭田野間的清幽民宿，那總笑得像隻狐狸的開朗身影不時浮現其中。

茶樹沿梯田向榮生長，日月老茶廠傳出的隱約茶香飄盪在山林之間。彷彿一回首，就能看見戴著畫家帽的少女在對他說：這個世界，哪來那麼多理由？

高雄岡山，天空步道從地面拔高而起。遠方一輪夕日落下，餘暉將他們的側臉暈染出憂鬱的色彩。

國境之南，追尋的人和被追尋的人在步道盡頭錯身而過。

還有那片無法忘懷的璀璨夜空。

星空下，是女孩掩映著月光的迷茫淚水和兩人緊緊交握的雙手。

還有好多好多，他們曾經去過的地方、曾經遇見的人和曾經演繹過的故事。

一年多前的寒假，他踏上了追尋白宣的旅程。

他一一細數著，那些令人心生惆悵、萬般不捨的人事物。

一個人如果陷入深層的思緒或過於美好的回憶，有時便會難以抽身，變得沉迷過去。

但柳透光任憑自己深陷、任憑自己沉醉。

即使留戀，即使不捨，他仍可以大步邁向明天。

他已然無所畏懼。

不再害怕分離，也不再畏懼孤獨，自己一個人，也能好好地走下去。

因為有一個女孩曾經抱著他說：

「在透光兒人生的旅途上，你永遠不會孤單。」

房間裡只有一盞暖色的桌燈亮著，柳透光喝了一口熱咖啡，他的注意力正全部集中在眼前的文字上。

幾天前，王松竹也對他說過，要找到更想做的事，能讓人傾心、竭盡全力去做的事。

對現在的生活，最為深刻的感覺是什麼呢？

柳透光非常清楚答案。

是寂寞。

因為朋友們各奔南北、彼此分離，所以感到寂寞。

那要怎麼樣，才能將四散各地的朋友們聚集在一起，一起回憶那些曾經閃爍著動人光彩的、玫瑰色的青春呢？

灰暗的房間中，一盞桌燈散發出暖橘色的溫潤光芒。

桌面上只有一臺筆記型電腦和散落的紙筆。

他輕輕地笑了。

「這就是我現在最想做的事。」

一週後，天氣變得更冷了。

放學後，柳透光帶著劇本，再一次走向獨立電影社的社團教室。

他推開社辦的門。

首先映入眼簾的，是一扇半開的窗戶，而窗戶前方，那道熟悉的身影正半倚在桌邊。

她睿智的雙眼神色認真，正盯著手中的劇本，而另一隻手則隨性地擱在桌邊。吳疏影將她烏黑黝亮的髮尾全部順至胸前，露出了迷人的側臉。

在室內，她並沒有穿著外套。

一身深灰色的套頭毛衣看上去很暖活，她乾脆地把手縮在過長的袖口中，下半身則是一件合身的牛仔褲。

等待幾秒，正看得專心的吳疏影才抬起頭。

「你來啦。」

「嗯。」

「關上門吧，柳透光，我好冷。」

「喔，我忘記關了。」

「想喝什麼嗎？」

「熱綠茶。」

「校門口有賣，自己去買。」

「……」

「哈哈哈哈，別在意。」吳疏影聳聳肩，「這是我昨天看的影集裡出現過的對話。想喝熱綠茶是吧，我泡給你喝。」

「謝謝，我是來還妳劇本的。」

「這次……感覺如何？」

半倚在桌邊的吳疏影放下劇本，修長的雙腿往前一伸，在獨立電影社的書桌前站直了身子。

她看了柳透光一眼，揮手指向旁邊的沙發。

「你先坐吧，我泡個茶，我自己也想喝了。」

「好。」

吳疏影把書籤緩緩夾進劇本中，將劇本小心地平放在桌面上。她轉頭走向獨立電影社後方，拿出了茶罐與杯子。

不久，茶香在室內飄散。

吳疏影遞了一杯熱茶給柳透光，自己則回到書桌前的位置，身子往後一靠，雙手輕輕扶著桌邊。

「上次借給你看的劇本如何？」

「還是不行。」

說。

「唉，我想也是。」

「我覺得不是妳想拍的主題，當然劇本本身也不夠精彩。」柳透光實話實說。

針對這兩份劇本，他可以繼續深入地說出各種問題。他相信已經看過劇本的吳疏影肯定也能和自己論辯一番。

但這沒有意義。

他從袋子裡拿出那兩本劇本，放在待客區的玻璃桌上。

同時，他默默拿出了第三本劇本。

吳疏影放下手上白煙飄散的熱綠茶，雙眼緊盯著柳透光。

「那是什麼？」

「這是我這陣子一直在做的事。」

「寫劇本嗎？怎麼，柳透光，你這是半路出家想成為劇本作家？」

「不是，我只是一個Youtuber。」他站起身，把裝訂好的劇本遞給吳疏影。

吳疏影雙手接過，蒼白的臉上閃過一絲驚訝與嗤笑，她從來沒有想到柳透光居然會試著寫劇本。

難怪這幾週他看了那麼多劇本，是為了進步吧。

她用手調整了一下套頭毛衣的衣領，而後打開了劇本的第一頁，斗大的標題就寫在潔白的紙面上。

接著是一段漫長的沉默。

吳疏影的表情從悠哉愉快和充滿揶揄，變成了不敢置信與嚴肅。她深深地吸了一口氣，雙瞳凝視著柳透光。

「你認真的嗎？」

「是。」

「好，我答應你我會認真讀完，再告訴你我的想法。」吳疏影給了他一個異常正式的承諾。

「麻煩妳了。」

柳透光在喝完熱綠茶後，靜悄悄地離開獨立電影社的社團教室。

吳疏影已經浸在劇本中，柳透光不想打擾她。

她手中的那疊紙張，靠近一點還能依稀聞到油墨獨有的氣味。

那一份劇本的標題上寫著俐落的四個大字——迷途之羊。

CHAPTER 5
迷途之羊

——再美好的旅途都會有終點，但與此同時，那也是全新旅程的起點。

冬天，十二月。

有著栗子色長髮的女孩，一個人走在北部的一處海岸。這片海岸平常人煙稀少，在寒冷的十二月裡，又顯得更加冷清。

雪白的海浪富有節奏地拍打在岸上，刺骨的冷風一陣陣拂過狹長的海岸。天空隱約灰濛，替整個海岸風景打上了一層朦朧而清冷的濾鏡。

岩石構成的海岸，散落邊陲的浮木，彷彿可以望見彼方的空曠海平面，和覆蓋其上的浪花，這裡的一切，看上去非常寂寞。

女孩一個人走著。

筆直的栗色長髮隨風搖曳著。有一部分散落在女孩有著白色滾邊的天藍色連帽外套中。

女孩很喜歡這件外套。

天氣十分寒冷，她出門前選了一件內裡刷毛的灰白色合身棉褲。

今天為什麼來到這裡？

只是臨時起意而已。

下一趟旅程還沒有確定，最近也沒有太多的事要做。

「好久沒有來海邊了。」女孩笑著。

她輕眨睫毛，略帶迷離的雙眸從眼前的岩岸，一路往蔚藍的海洋望去。最後，視線停留在了遠方的海平線。

那裡什麼都沒有，卻依然吸引著她。

她享受著海風的吹拂與踏在岩石上的觸感。

每次來到海邊，總是可以讓自己的內心暫時放空。什麼都不用去想，什麼都不用去管，只要在這裡漫步著，就好像一直在往前邁進一般。

「前進啊……」女孩漸漸停下腳步，視線依然筆直地凝視著遠方的海平面。

曾經有一段時間，她太過在意自己人生的道路是否失去了方向，是否陷入迷茫，又是否太久止步不前。

為此，她選擇消失。

想透過他人的雙眼，重新認識自己。

那段時光已然遠去，但珍貴無比的記憶依然留存在她的心底。

一陣海風捲起了她的長髮。

海岸線上，柔順的栗子色長髮牽連成一片向左方飄散。女孩用手輕輕地扶著臉頰，任憑髮絲在空中鋪散開來。

等風漸漸變得微弱，女孩慢慢地在岩石上坐下。

她把雙腿向前方擺放，雙膝微微拱起，用雙手環抱住。

她再次看向遠方。

這一年多來，她認識的大家也都成長了不少。即使四散各地，她依然隨時關注著大家的近況。

每一個人，都追尋著自己希冀的未來。

每一個人，都隨著年紀的增長而愈加成熟。

以原創音樂 Youtuber 打響名號，時常舉辦 Live 演出，場場都爆滿的音樂組合——「松木上的小青藤」。現在，王松竹和小青藤只要發布新作品，往往都會登上發燒影片。

白唯和張新御依然在臺灣四處跑來跑去，他們開了一個網站，不斷累積著自己的攝影作品。

想到這裡，女孩不禁莞爾。

她完全想不到，自己的妹妹居然如此喜歡攝影。這是從小到大，白唯都沒有展現出來的興趣愛好。

甚至，平常她都沒有機會接觸到攝影。

如果沒有那一趟迷途之旅，沒有張新御那傢伙進來攪局，沒有他站在第三者的角度來追尋自己，這些事都不會發生。

每一趟旅程，都因意外而起，也因意外產生了更多出人意料的故事。

正因如此，追尋的旅程才顯得意義非凡。

她清澈的雙眼中，閃過她一人站在中國丹東地區的河邊，看著與世界上最神祕的國度北韓相鄰的天空。那裡的天空，無比乾淨，晴空萬里。

接著，是她站在日本京都，半遮著眼仰頭凝視著的蒼穹。溫暖徐和的冬陽，帶給她愉快的心情。
下一趟旅行，要去哪裡呢？
她不由得滿心期待。
忽然，她隱約聽見一陣腳步聲，好似從不遠方的海岸一路向自己走來。
女孩甚至沒有回望。
直到那個男孩伸手輕撫著她的頭頂。
男孩在女孩的背後坐下，兩人緊緊貼著，背靠著背。
「吶，妳在這裡幹嘛？」
「我在看海。」
「妳這個喜好從很久以前，我們還在水昆高中……」男孩稍作停頓，「不對，在更小的時候，我們有一次去東海岸的夏令營，那時候的妳就已經喜歡抱著雙腿，一個人坐在海岸上眺望海平面了。」
「對呀，透光兒，你還記得耶！」女孩很開心，她興奮地往後一靠，讓自己的頭貼在男孩的背上。

他當然記得了，他怎麼可能忘記呢。

「你怎麼會在這裡呀，透光兒。」

「我打電話給妳沒接，傳訊息也沒回，我猜妳應該是很久沒有來看海了。」

「……嗯。」白宣默默地覺得害羞。

她白嫩的臉蛋上，微微浮出可愛的櫻紅色。她沒有用手遮擋，反正背靠著自己的透光兒根本看不到。

——被他猜到我在這裡了。

想到這裡，一股暖流從白宣心底緩緩流過。即使身處在寒冬的海岸邊，只要與透光兒在一起，也就不是那麼寒冷了。

柳透光忽然開口：「妳還記得四月評的吳疏影嗎？」

「記得。她跟你在同一所大學，也是你常去的社團的社長。」白宣的語氣更加輕柔，「她也曾經幫助過我們，是吧？」

「對，在追尋妳的過程當中，因為她是王松竹的好友，所以也幫過我們。」

「嗯，我記得。」

「我把我們在一年多前尋找妳的那趟旅行，寫成故事劇本了。」

「劇本？」

「然後我交給了她。」

「交給她？」

「對，她剛好需要劇本。其實，自從升上大學以後，從九月開學到現在，我一直……一直很迷茫、很孤獨。」

白宣沒有回話，她伸出手往身後一探，摸索了一陣子後，最終按在了柳透光的手背上。

「白宣兒，我想把逝去的青春寫下來。」

「我懂了。只要寫下來，就能無數次重溫那段回憶呢。」

「對。」柳透光堅定地說道。

一開始只是為了想看劇本、想看故事而接受吳疏影的委託。

但他仔細一想，開始看劇本的同時，是不是也就注定了這之後他會決定創作劇本，會親手寫下《迷途之羊》？

那趟迷途之旅。

那些玫瑰色的青春。

他一直都想保留下那些美好的回憶。

所以才會瘋狂地、沉迷地看著影劇與劇本，學習如何寫好故事。

獨立電影社的社長吳疏影想在畢業前執導一部電影，這也許就是契機。

柳透光稍稍把背往後仰著，平貼著白宣溫暖的背部。

這片海岸上，只有他們兩人。

遠方持續傳來海浪拍打岸邊規律的沙沙聲，每當浪潮退去時，碎石也跟著被捲回海中。

霧灰色的天空一如冬天的色調，散發出寂寥的美感。

柳透光靜靜地轉過身。他移動到白宣身旁，學著她雙手環抱大腿的姿勢，看向遠方的海平面。

兩人一起並肩坐著。

迎著海風，柳透光柔和地說道：「我不僅不想遺忘那段美好的青春，也想讓大家再次相聚。」

「一起回憶當年？」白宣心有靈犀地說道。

「嗯。」

柳透光伸出手，摟向白宣的肩頭，讓她緊緊地靠著自己。

在岸邊凝望遠方海平面的女孩和男孩，都再也不是孤單一人。

時間飛逝，冬去春來。

升上大學後，時間彷彿過得更快了。

臺北的街道，因春分到來而顯得朝氣蓬勃、百花盛開。

相比冬天，路上的行人更有元氣與活力。

站在一間小型電影院前，留著鮑伯頭的女孩，正翻轉手腕看著手表。

她正在等人。

耳邊懸掛的耳道式耳機正播放著輕快的音樂，街道上的喧囂影響不了她。

等了幾分鐘後，女孩踮起腳尖，往人群遠方看去。

那個笨蛋很高，在人群中不難發現。

因為快要遲到了，王松竹正加快腳步往電影院奔來。

王松竹已經升上了大學二年級。

今天，他跟一群可能是人生中最要好的好友們，一起約來看電影。他從臺中一路北上，本來想跟小青藤一起來，但小青藤已經在臺北了。

王松竹一路快步行走，在人群裡穿梭，最後終於抵達電影院樓下。

這是一間小型電影院，主要負責一些獨立製作或是小製作的電影試映。

在電影院樓下，他先是彎下腰，撐著膝蓋喘了口氣，而後抬起頭，看見了站在騎樓梁柱前的女孩。

他揮了揮手。

「早安，小青藤。」

「早啊，松竹。」

「其他人呢？」

「還沒到。離電影開播也還有一段時間，不急。」

「那就好。」

王松竹走近小青藤，小青藤隨手摘掉耳機，露出了清新的笑容。

他們被牆壁上懸掛的宣傳海報吸引了注意。

那是一名女孩獨自坐在海岸上，雙手環抱住大腿，一雙清澈而迷茫、充滿神祕氣質的雙瞳，正望向遠方。

女主角的氣質讓他們覺得十分熟悉。

但離本人還是相差太遠了。

「哈哈哈，吳疏影那傢伙選用這張海報真是選對了。」王松竹看了看那張海報，忍不住笑道。

「很吸引人啊。」小青藤湊近看了會兒，認真地評論。

那張海報獨一無二的距離感，確實迷人。

小青藤把單肩包拎在肩上，默默地拿出手機，拍下了那張海報，並上傳到Youtube頻道的社群與粉絲專頁。

「不知道拍得怎麼樣呢？」

「小青藤，妳認識吳疏影吧？」

「她是四月評那個影評 Youtuber，還是你的朋友，不是嗎？」

「就是她。」王松竹把雙手插進口袋，一臉輕鬆自在，「這是吳疏影夢想的第一步，她肯定會全力以赴的。」

「嗯嗯。」

「她之前拍片時，拍攝現場我跟柳透光一起去看過……只能說，現場執導的吳疏影好凶啊。」

「她感覺起來就是在作品上很有堅持的人，嚴厲是很正常的事。」

「也是啦。」

王松竹與小青藤聊著天。

過了幾分鐘。

「我來囉！」

這次，是把栗子色長髮高高綁成馬尾的白唯出現了。

她穿著圓領的橫條紋上衣，橙白相間，很有春天的感覺。下半身是一件顯瘦的米白色直筒褲，高腰的設計讓白唯的腿看起來更加修長。

春天，就是白唯的主場。

本就很有活力、喜歡四處跑來跑去、蹦蹦跳跳的白唯，最喜歡春天了。

她跟王松竹和小青藤打招呼後，回頭一看。

眾人跟著她的視線向後望去，才發現張新御正氣喘吁吁地跑了過來。

白唯嘆了一聲。

「唉，他走太慢了，不是我的問題。」

「幹嘛那麼急，電影還沒有開始啊。」

「我很期待嘛。這部電影是拍柳透光尋找我姐姐的故事。當初我就覺得這個題材很適合拍成電影了。」白唯興高采烈地說著。

她的臉蛋上飄著一如春風般的燦笑。

春日浪漫，溫暖的陽光灑在臺北街頭，這時的微風一點也不像是冬天那般寒冷。

白唯在原地等待張新御遲遲到來。

等張新御抵達之後，她還開玩笑地嘲笑著他。

「哈哈，張新御，你又跑得比我慢了喔。」

「跑那麼快幹嘛？」

「這樣就可以看到更多東西呀。」

「但有時候慢慢走，也能看見更多風景。」

「也是……」白唯陷入短暫的沉思，用手戳著下巴，露出一愣一愣的表情。

張新御嘿嘿一笑，緩了緩因快步走動而喘氣的肺部。

他也跟王松竹和小青藤打了聲招呼。

「好久不見，兩位。」

「哈哈哈，真的好久不見了。」

「上一次看到你，應該是電影殺青的慶功宴吧？」小青藤努力回想著。

張新御點點頭。他一直以來過長的瀏海，現在變得比較乖順了。

剪短了一點。

雖然瀏海還是稍長，但他應該是對白唯做了一點妥協，也或許是玩什麼輸了的賭注。

另一旁，剛剛被張新御唬住的白唯，重新加入了他們三個人的話題。

「我姐姐呢?柳透光呢？」

「還沒來。」王松竹說。

「我是第一個來的人。」小青藤輕盈地笑道，「不急，我們可以先入座。買票入場或收到貴賓邀請的人，等一下才會開始排隊。」

「喔喔！」

「應該快來了。」王松竹一點也不擔心。

又過了幾分鐘。

「他們來了。」王松竹指向不遠處。

白唯望了過去，隨後露出略帶羨慕的神情。

她一直是能坦率表達情感的人。

到底要一起經歷過什麼，才能和此時迎面走來的人一樣呢?

柳透光與白宣牽著手漫步而來的身影，映入他們的眼簾。

栗子色的秀髮在背後輕輕搖曳，白宣的臉蛋上洋溢著自信的光彩。

柳透光牽著她的手，神情是前所未有的溫和與柔軟。

兩人發現了在電影院前方，正等待著他們的友人，便筆直地往這裡走來。

「午安，我們來了。」白宣說道。

「大家好久不見了。」柳透光開心地說著。

「少來，殺青那天我們明明還在一起聚餐！」白唯連忙吐槽。

「咦？也是。」

「真的。因為拍攝這一部電影的關係，大家又重新聚在一起了。」王松竹環視著所有人，開朗地說。

「走吧，我們先上去電影院吧。」小青藤提議。

「好，走吧！」

「那我去幫大家買爆米花跟可樂。」

「我跟白宣兒先去買咖啡，等一下電影院見。」

「好喔。」

這場試映會有販售票券，他們邀請了幾位嘉賓，白宣也送了幾張入場券給幾位合作過的 Youtuber。

他們完全不知道會有多少人來到這裡。

吳疏影不在這裡。

負責執導的她，為了電影的後續上映問題，正緊密地跟合作商與電影院商討著。

今天這場試映會的反應，會對後續有很大的影響。

《迷途之羊》。

製作看起來雖然小，但參與其中的人們在網路上的名氣卻非常可觀。

導演：吳疏影。

臺灣第一個獨立電影影評人，經營著 Youtube 頻道「四月評」，在影評領域具有一定影響力。她本身就讀於浮萍藝術大學的編導系，亦身為獨立電影社社長。

劇本：柳透光、白宣。

經營破百萬訂閱的Youtube頻道——「追逐夜星的白宣」。由柳透光編寫原創劇本，依據他們高中發生過的真實故事改編。

音樂負責人：松木上的小青藤。

知名獨立音樂製作組合，舉辦過無數Live演唱會，頻道訂閱數超過三十萬。王松竹與小青藤負責了整部電影的音樂主題曲與配樂製作。

攝影拍攝、場務、燈光、角色、化妝等電影團隊，都是由吳疏影自己的社團與人脈負責。

白唯和張新御參與了攝影領域的協助和指導。

這一部電影，就是他們幾個人的青春。

王松竹和小青藤先後在電影院前排入座，白唯和張新御坐在他們旁邊。

過了一會兒，買完咖啡回來的柳透光與白宣，一起坐進了他們空下來的、最中間的位子。

六個人坐在電影院最中心的位置。

白唯有點緊張：「會不會很少人來呀？」

「很少人來也沒關係，重要的是，我們做了自己想做的事。這樣就有價值了。」張新御故作高深地對白唯說。

「這樣就有價值了……」白唯複述了一次。

他們兩人的互動，讓在一旁的眾人不約而同地笑出聲。白宣如風鈴般輕快悅耳的笑聲，讓每一個人都不自覺地放鬆了下來。

王松竹繼續吃著爆米花。

「不過，現在還是很難想像，透光你居然會靈光一閃，把這那段故事寫成劇本，太不可思議了。」

「人生就是這樣囉。」柳透光輕描淡寫地說。

每一天都充滿意外，根本不知道明天會發生什麼，這也是人生的趣味之一。

在那之後，他雖然還是會看影劇，但劇本就看得比較少了。他也沒有再次拿筆創作劇本。

他依然是一個 Youtuber。

他們等待著觀眾入場，等待著電影開播。

「白宣兒，妳緊張嗎？」

「有一點，你呢？透光兒。」

「我也有一點緊張。」柳透光伸出手，輕輕握住白宣柔軟的手掌。

他們秉息等待著。

等待著，重溫最美好的玫瑰色青春。

《迷途之羊》在吳疏影的策劃與團隊的努力之下，在小型影院的試映會上吸引了爆滿的人群。

無數人歡笑。

無數人落淚。

小青藤跟王松竹都十分欣賞吳疏影的才能，她確實拍出了一部好電影。

電影的主題曲是他們兩人負責作詞、作曲和演唱。坐在電影院裡聽起來，成果比想像中更好。

這也讓他們找到了之後的目標。

柳透光與白宣在看完電影後更是被徹底震撼了。

柳透光壓根沒想到電影可以做到這麼高的還原度。

在情緒的渲染上，吳疏影真的是天才。

隨後，電影優良的口碑，更是吸引了許多慕名而來、想一探究竟的Youtuber與觀眾。

一傳十，十傳百。

參與製作的眾人幾乎都有經營Youtube頻道，也各自擁有許多鐵粉。

隨著一場場試映，開始有幾間大型電影發行商跟吳疏影接觸，「追逐夜星的白宣」頻道也受邀參與討論。

身為獨立電影影評人，經營Youtuber頻道「四月評」的吳疏影，在人生中第一次執導電影，便取得了非常好的成績。

這對於她想成為一個導演、拍出自己想拍的故事的夢想，又前進了一大步。

這是屬於他們的故事。

這是屬於他們的青春。

「吶，白宣兒。」

「嗯。」

「電影終於成功播映了，下一次我們要去哪裡玩呀？」

「我最近剛好發現一個很美的地方。」白宣故作神祕地微笑。

「哪裡？」

「下一次，我們去玻利維亞的天空之鏡吧。」

「……認真嗎？」

「你覺得呢？」白宣靈動的雙眼一眨，繼續牽著柳透光的手，在春日浪漫的城市裡悠閒散步。

——《迷途之羊 After Story》完

Afterword

後記

這次是真正的結束了，《迷途之羊》這一部作品。

謝謝大家。

美到令人屏息的白宣、我寫過的主角中偏憂鬱但卻溫柔堅強的柳透光、可愛的雙胞胎妹妹白唯、王松竹與小青藤、吳疏影，和其他一個又一個角色。

這些人，不意間陪伴我幾年了。

《迷途之羊》是一部講述青春成長、穿越迷茫、追尋真正的自我的故事。

有一段時間，我對所謂的「真物」產生了困惑。到底什麼是真正的自己？要是一個人再怎麼尋找，都找不到真正的自己，那該怎麼辦？

陷入迷茫，究竟是好事？還是一件壞事？

《迷途之羊》的靈感由此而生。

從二〇一七年開始發想，到二〇一八年二月出版了第一集。這趟創作的旅途上，遇到的問題和困難不計其數。

但幸好快樂的事也有很多。

受到的助力與伙伴們的幫忙也很多。

感謝一路陪我走到《迷途之羊 After Story》的讀者，沒有你們的話，這一本書我無法寫到現在。每次不想寫的時候，看看你們的回覆跟心得都會讓我稍微找回一點動力。

謝謝三日月出版社相關工作人員與《迷途之羊》的責任編輯，要是沒有編輯把關協助的話，《迷途之羊》絕對不會是現在的樣子。

我常常寫得不好。

筆力也還要再加強。

直到現在，我都認為自己不太會寫故事。

如果可以的話，我真希望可以用巧克力跟餅乾召喚出文筆很好的小精靈，在我睡覺跟玩遊戲的時候，讓他們把我想的故事寫出來（？

……好吧，這是開玩笑ㄉ。

接下來聊聊下一部作品好了。

目前還沒有定案，但我心中有一些想法了。

前一個系列是在講主角們各自從過去的傷痕中成長，各自克服了心魔，破殼重獲新生的故事。

剛寫完的《迷途之羊》，則是講述著陷入迷茫與徬徨的青春少年少女們，如何一步步地找回真正的自己，關於成長的故事。

這些都與成長有關。

那麼，如果寫漸漸墮落的劇情，刻意不寫所謂人生成長、步上正軌而行的故事。

似乎有點意思。

最後，再次謝謝這一趟旅途上相伴的所有人。沒有大家的支持，這一趟旅途不會這麼開心。

願大家青春無悔。

FB & Instagram & Youtube 都能找到野生的微混吃等死。

想看混吃說話ㄉ話追蹤一波。

求Carry。

微混吃等死，冬。

高寶書版集團
gobooks.com.tw

輕世代 FW329

迷途之羊After Story

作　　者　微混吃等死
繪　　者　手刀葉
編　　輯　任芸慧
美術編輯　彭裕芳
排　　版　彭立瑋
企　　劃　方慧娟

發 行 人　朱凱蕾
出　　版　三日月書版股份有限公司
　　　　　Printed in Taiwan
地　　址　臺北市內湖區洲子街88號3樓
網　　址　www.gobooks.com.tw
電　　話　(02) 27992788
電　　郵　readers@gobooks.com.tw（讀者服務部）
　　　　　pr@gobooks.com.tw（公關諮詢部）
傳　　真　出版部　(02) 27990909　行銷部 (02) 27993088
郵政劃撥　50404557
戶　　名　三日月書版股份有限公司
發　　行　英屬維京群島商高寶國際有限公司台灣分公司
　　　　　Global Group Holdings, Ltd.
初版日期　2020年 2 月
四刷日期　2021年 4 月

國家圖書館出版品預行編目(CIP)資料

迷途之羊 / 微混吃等死著.-- 初版. -- 臺北市：三日月書版股份有限公司出版：英屬維京群島高寶國際有限公司臺灣分公司發行, 2020.02-
面；　公分. --

ISBN 978-986-361-774-7(第6冊：平裝)

863.57　　108020201

◎凡本著作任何圖片、文字及其他內容，未經本公司同意授權者，均不得擅自重製、仿製或以其他方法加以侵害，如一經查獲，必定追究到底，絕不寬貸。
◎版權所有　翻印必究◎

三日月書版

三日月書版

GOBOOKS
& SITAK
GROUP©

GOBOOKS & SITAK GROUP ©